목소리 순례

목소리 순례

사이토 하루미치 지음

김영현 옮김

다다
서재

차례

3

4

일러두기

1. 본문의 각주는 모두 옮긴이의 것입니다.

2. 외래어는 국립국어원 외래어 표기법을 준수하되, 일부는 일상에서 널리 쓰이는 표기를 따랐습니다.

3. 수어는 나라별로 다르며 전 세계에 300여 가지 수어가 있습니다. 본문에 일본수어가 등장하는 경우 그에 해당하는 한국수어를 각주로 설명했습니다. 각주에 등장하는 한국수어의 출처는 국립국어원 한국수어사전입니다. (http://sldict.korean.go.kr)

‘목소리’는 전해지지 않는다.

나는 그렇게 실감한다.

‘목소리’는 스며들어 이미 있다.

나는 그렇게도 실감한다.

나에게 사진을 찍는 것은,

잃어버린 ‘목소리’를 다시 한 번 순례하기 위한 여행이었다.

이 책에 쓴 것은 자서전도, 에세이도, 사진론도 아니다.

목소리 순례를 향해 내딛는 한 걸음,

그 걸음을 지탱해주는 현상들에 대해 이 책에 썼다.

1

원초적인 석양

아무도 없는 주택단지의 공원에 어머니와 단둘이 있었다.

눈앞에는 당장이라도 저물 듯한 석양이 보였다. 이글이글 불타오르는 붉은 태양. 허리를 숙여 나와 눈높이를 맞춘 어머니의 얼굴이 바로 옆에 있었다. 어머니의 옆얼굴이 노을빛에 물들어 붉었다. 저물어가며 하늘을 붉게 물들이는 석양을 나는 어머니와 함께 바라보았다.

그런 기억이 있다. 특별한 일은 전혀 없었고, 그저 함께 석양을 바라보았을 뿐인 기억. 발음훈련을 마치고 돌아가던 길이었으니 세 살에서 다섯 살 사이에 있었던 일 같다. 수없이 떠올린 그 기억은 해가 저무는 속도처럼 느릿하지만, 순식간에 지나간다.

철이 들던 유년기부터 중학생 때까지의 일은 기억에서 전부 누락되어 있다. 그런데도 '어머니와 석양을 바라봤다'는 기억만은 남아 해가 갈수록 짙어졌다. 사진을 찍기 시작한 뒤에는, 내가 석양이나 빛에 이끌리는 건 혹시 이 기억이 내면 깊숙한 곳을 지탱하고 있기 때문일까 생각하기도 했다. 그걸 깨닫고 깜짝 놀랐다.

실제로 있었던 일인지도 불분명했던, 거의 내 망상에 가까운 기억이었는데.

○ ○ ○

두 살이 될 무렵, 내 귀가 듣지 못한다는 것을 알았다.

선천적인 감음성 난청이라는 진단을 받았다. 장애인 수첩에는 "감음성 난청에 의한 청각장애(좌: 100dB, 우: 100dB)"* "음성·언어 기능 장애"라고 기재되었다.

의학적으로 청각장애는 크게 '전음성 난청', '감음성 난청', '혼합성 난청'으로 나뉜다.

'전음성 난청'은 고막에 상처가 나거나 중이中耳에 물 혹은

＊ 　좌우 귀가 모두 100데시벨 이하의 소리를 듣지 못한다는 의미다.

고름이 고이는 등의 이유로 소리가 통하는 통로가 막혀서 일어난다. 귀를 막고 소리를 듣는 것과 비슷하다고 한다. 수술 또는 약물로 낫는 경우가 많고, 보청기를 사용해 소리를 키우면 회복되기도 한다.

'감음성 난청'은 내이內耳와 청신경聽神經 등 소리를 느끼는 '감음기'에 장애가 있어 일어난다. 사람의 내이에는 달팽이관이라는 기관이 있고, 이 달팽이관의 유모세포가 소리를 감지한다. 유모세포의 수가 줄어들어 소리를 잘 느끼지 못하는 것을 감음성 난청이라 한다. 소리가 일그러져 들리거나 소리가 들리는 범위가 좁다는 특징이 있다. 전음성 난청과 비교하면 소리가 갈라져서 들리는 등의 이유로 보청기의 효과를 보기 어렵다.

전음성 난청과 감음성 난청의 기능장애를 모두 겪는 것을 '혼합성 난청'이라고 한다. 고령자의 난청은 혼합성인 경우가 많다.

100데시벨dB의 청력은 '귓가에서 울리는 큰 소리가 간신히 들린다.' 혹은 '자동차의 경적이 조금 들린다.' 하는 수준이다. 일상적인 소리는 60데시벨 전후이기에 전혀 들리지 않는 셈이다. 보청기를 이용하면 청력이 50데시벨(가까운 거리에서 조금 크게 말하는 소리) 정도가 된다고 한다.

듣지 못한다는 것을 알게 되자 곧 보청기를 끼고 발음훈련에 열중하는 나날이 시작되었다고 어머니에게 들었다.

입 모양이 틀렸어. 혀의 위치가 틀렸어.

숨을 내쉬는 법이 잘못됐어. 숨을 토하는 힘이 잘못됐어. 목구멍의 떨림이 잘못됐어.

뭐야, 그 목소리는. 완전히 틀렸어.

혀를 더 구부려. 내 입 안을 봐.

숨을 더 짧게 토해. 아, 아니야. 좀더 길게 토해야 해.

더 잘 들어봐. 소리를, 들어. 이게 올바른 발음이야.

틀렸어. 틀렸어. 틀렸어. 그렇게 발음하면 아무도 못 알아들을 거야.

낮에는 '듣기와 말하기 교실'에서, 밤에는 집에서, 밤낮없이 발음훈련을 했다.

아무리 열심히 말하고 들으려 해도 스스로는 확인할 길이 없는 발음을 질책당하고 교정당했다.

유년기 내내 나는 어디에 지뢰가 있는지 모를 발음훈련 선생님의 귀를 향해 두려움에 떨면서 목소리를 흘려보냈다. 발음훈련이 무의미하다거나 나쁘다고 말하는 건 아니다. 그렇지만 나는 결코 이해하지 못할 음성을 타인의 귀에 내맡기는 것, 그리고 계속해서 타인의 귀에 의해 내 목소리의 좋고 나쁨이 결정되는 것, 이런 일들은 결과적으로 내가 스스로 생각하고 판단하는 힘을 죽여버렸다.

발음훈련 선생님이 항상 화냈던 것은 '사시스세소さしすせそ' 발음이었다. 이를테면 나는 '사루'를 '타루'로 발음하는 것 같았다. 항상 '사시스세소' 발음에 막혀서 혼났기 때문에 그 소리들에 대해서는 극단적으로 공포심이 있었다. 그래서 무의식중에 '사시스세소'가 포함된 단어를 사용하지 않게 되었다. '스미마센미안'은 '고멘', '도시테어떻게'는 '도얏테', '시아와세행복해'나 '우레시기뻐'는 '요캇타다행이다' 하는 식으로 내가 말하고 싶은 것보다 듣는 이의 귀에 잘 들릴 법한 말을 골랐다.

어른들의 관심은 항상 내 발음으로 쏠렸다. 내가 "저건 뭐야?" "어디로 가는 거야?" 같은 소소한 호기심을 그대로 입에 담으면, 일단 발음 자체의 좋고 나쁨에 대한 주의부터 받았다. 그리고 질문에 대한 답은 듣지 못했다. 수많은 호기심이 도마 위에 올라간 채 흐지부지되었다.

실제로는 그런 일이 없었고 어른들이 제대로 답해줬는지도 모른다. 하지만 내게는 그런 기억만 남아 있다. '잘 들어야 해.

제대로 말해야 해.' 이런 압박에 조바심만 내느라 대화의 내용까지는 기억하지 못했던 것 같다.

초등학교에 입학할 무렵에는 대화를 할 때마다 긴장했다. 대화의 내용이 무엇이든 목소리를 내고 들을 때마다 '이상한 소리를 내지 않았을까.' '내 말을 잘못 듣지 않았을까.' 생각하느라 몸과 마음이 모두 딱딱하게 굳었다.

당시의 내게 대화란, 감정이나 생각을 타인과 나누려고 하는 것이 아니라 '올바르게 발음해야 해.'라는 의무감으로 하는 행위였다.

초등학교 저학년 시절, 프로축구가 크게 유행했다. 나는 '사커'가 정말 싫었다.* 경기로서 사커가 싫은 게 아니라 내가 어려워하는 발음인 '사' 때문이었다. 별일 없이 넘어가는 경우는 거의 없었다. 내 목소리가 전해지지 않은 것은 상대방의 당황하는 표정을 보면 알았다. 게다가 "타커? 아커? 아, 사커, 깔깔깔." 하고 잘못 들은 척하는 놀림을 종종 받았다. (내가 듣지 못하는 걸 놀릴 때는 나도 알기 쉽도록 입을 무척 크게 벌리면서 말한다. 왜 처음부터 그러지 않았느냐고 화가 날 정도

---

* 일본에서는 축구를 일반적으로 '삿카(サッカー)'라고 부른다.

로.) 간단한 말도 제대로 전하지 못한다는 게 비참했다.

그럼 경험들이 쌓일수록 내 마음과 전혀 다른 말이 입에서 나가게 되었다. 상대방의 말을 전혀 알아듣지 못해도 그 상황을 모면하기 위해 "네." "알았어요." "응." 하고 수더분해 보이는 웃음을 지으며 고개를 끄덕였다. 스스로도 의식하지 못하는 사이에 임시방편의 말들이 주룩주룩 새어 나갔다.

방금 전까지 무슨 이야기를 했는지도 몰랐다. 애초에 무슨 말을 들어도 대답은 전부 "네."라서 기억할 필요가 없었다.

당시 내게, 말이란 쓰고 버리는 일회용이었다. 지금은 안다. 말을 쓰고 버리는 것은 마음을 쓰고 버리는 것이라는 걸. 마음을 쓰고 버리다 보면 점점 터진 곳이 드러난다. 그 터진 곳으로 살아가는 데 필요한 기력이 빠져나갔다.

발음훈련이 아무런 소용도 없었는가 하면, 결코 그렇지는 않았다. "무척 깨끗하게 발음했구나." 같은 칭찬도 곧잘 들었다. 그럴 때는 '다행이다. 나는 듣는 사람이 되고 있어.'라고 생각하며 불안을 달랬다. 그 칭찬의 말 앞에 '듣지 못하는 것치고는'이라는 의미가 있다는 사실은 외면한 채.

칭찬을 받았다 했지만, 청인聽人, 듣는 사람처럼 '평범하게' 대화했던 것은 아니다. 단편적인 말이 두서없이 오갈 뿐이라 대화가 끝나면 역시 '전혀 통하지 않아.'라는 느낌만 남았다. 아무리 해도 나는 가짜 청인에 불과했다.

몇 번 안 되긴 하지만 제대로 주고받았던 '목소리'도 있었다. 분명 있었을 것이다. 하지만 도저히 자세한 일을 기억해낼 수가 없다.

실은 그것이야말로 진정 소중히 여겨야 할 '목소리'였다. 대수롭지 않은 사람과 나누는 하찮은 대화를 '평범하게' 해내야 한다는 저주 같은 의무감 때문에 그 '목소리'가 봉인되어버린 것이다.

당시 나는 자존감이 무척 약했다. '평범하게' 말하지도 듣지도 못하는 내 귀가 부끄러웠다.

깨끗한 '목소리'를 내려고 노력할수록 내 생각과 동떨어진 말이 나왔다. 내가 분열되어갔다. 다른 사람처럼 '목소리'를 들으려 하면서 타인과 단절이 깊어졌다. 대체 어떡해야 좋을지 알 수 없었다.

'목소리'란 다른 사람과 관계를 끊는 것. 나는 철들 무렵부터 그렇게 느꼈다.

이 사회는 음성을 듣고 말하는 것부터 모든 일이 시작된다, 음성을 잘 다루느냐에 따라 미래가 결정된다, 이렇게 생각했다. 제대로 말할 수도 없고 들을 수도 없는 내 인생은 실패작이다. 인생을 바꿀 방법은 없다고 절망했다.

실패작인 게 뻔한 인생의 나날은 고통스럽기만 했고, 공부 역시 해야 할 이유가 없었다. 고통을 직시하기 싫어서 초등학교 고학년부터 매일 게임에 빠져 지냈다. 재미가 있었던 것은 아니었다. 앞으로 기다리고 있을 인생의 방대한 시간을 그저 아무 생각 없이 흘려보내기 위한 도피처가 게임이었다.

그렇게 시간을 보냈지만 중학교 2학년에 올라갈 무렵에는 고등학교 진학을 어떤 학교로 해야 할지 구체적으로 고민해야 했다.

'초등학교, 중학교 내내 느낀 고독이 앞으로 3년이나 계속되는 거야? 만약 무사히 졸업한다 해도 사회에 나가서 죽을 때까지 계속?'

청인 사회에 적응하려고 노력해왔지만, 사라지지 않는 고독이 항상 따라다녔다. 고독이 앞으로 수십 년간 이어진다고 생각한 순간, 그때껏 '나는 듣는 쪽이니까.'라고 스스로를 속이며 있는 힘껏 억눌러왔던 공포가 쇠사슬에서 풀려났다. 견딜 수 없을 것 같았다.

깊어지는 고독을 다시 노력해서 억누른들 머지않아 자살하거나 잔혹한 방식으로 타인을 상처 입히는 미래밖에 그려지

지 않았다. 내 속에 자리한 고독과 진심으로 마주한 순간, 나는 처음으로 바랐다. '살고 싶어.'

집에서 자전거로 몇 분이면 가는 거리에 도립샤쿠지이농학교都立石神井ろう学校가 있다는 것은 알고 있었다. 지금껏 그랬듯 타성적으로 청인 사회에서 참으며 지내다 고독이 악화되어 돌이킬 수 없는 잘못을 저지르는 것보다는, 좀 굴욕적이어도 농학교에 가는 게 나을 듯싶었다.

그리고 도피처였던 농학교에서 나는 수어手語와 만났다.
수어는 눈으로 보면 알 수 있는 '목소리'였다.
사람이라면 무릇 음성언어를 다뤄야 한다는 저주가 나를 수어와 떨어뜨렸었다. '나는 깨끗한 소리를 낼 수 있으니까 수어는 필요 없어. 수어는 소리를 잘 내지 못하는 사람들이 쓰는 거야. 제대로 된 말이 아냐.' 수어는 몸짓 손짓 정도밖에 전달하지 못하는 것이라는 편견을 갖고 있었다.
정말 크게 잘못 안 것이었다. 수어 덕분에 나는 목숨을 잃지 않았다. 그 정도의 만남이었다.

내 마음과 깊이 연결된 수어로 이야기할 수 있게 될수록 도처에 널린 소박한 '목소리'를 말할 수 있게 되었다. '목소리'를 내면 상대방도 '목소리'로 답했다. 모호한 구석이라곤 없이 명확하게 전달되는 그 '목소리'를 눈으로 들었다.

나에게서 상대방에게, 상대방에게서 내게. 목소리가 돌고 돌았다.

돌고 도는 목소리를 느낄수록 얼어붙었던 목소리에 피가 돌고 온기가 깃들기 시작했다.

○ ○ ○

샤쿠지이농학교 입학식 날, 미리 알아보았던 "안녕."이라는 인사를 동급생에게 했다. 평범하게 전해졌다. 그리고 그 인사가 평범하게 돌아왔다.

그 순간, 나는 정체를 알 수 없는 굉장한 것에 둘러싸였다. 절로 웃음이 났다. 오랫동안 쓰지 않았던 표정에서 얼음이 부서지듯 우지끈 소리가 났다. 아프기까지 했다. '아직 살 수 있어.'라고 생각했다.

얼어붙었던 표정이 녹았던 그 순간을 나는 잊지 못한다.

그 뒤로 나에게 "안녕."이라는 수어는 각별한 것이 되었다.

샤쿠지이농학교에서 보낸 날들은 정말 즐거웠다.

아침에 일어나면 '오늘도 이야기할 수 있어!' 하는 생각부터 들었다. 밥도 먹는 둥 마는 둥 교복으로 갈아입고 자전거에 올랐다.

학교에 가다 나처럼 자전거로 등교하는 친구와 만나면 주먹을 베개인 양 볼에 댔다가 주먹에서 일어나는 동작을 했다. 그것이 우리만의 "안녕."이라는 인사였다. 친구도 "안녕."이라고 대답해주었다.

안녕.

시작하는 말.

자전거를 타고 있어 주위 풍경이 옆으로 흘러갔다. 친구와 나란히 달리는 동안 "안녕."이라는 인사만 위아래로 흘렀다. 그 움직임은 슬로모션처럼 특별하게 보였다. 그래도 역시 흔하디흔한 인사라서 순식간에 끝났다. 아침 햇빛 덕분에 "안녕."이라는 인사에 담긴 표정과 리듬이 더욱 또렷하게 떠올랐다.

학교에 도착해도 곧장 교실로 들어가지 않았다. 신발장 앞에 서서 1교시가 시작되기 전까지 등교하는 선배와 후배를 맞이했다. 내가 다니던 무렵 샤쿠지이농학교에는 고등부와 전공과*를 합쳐서 학생이 대략 40명밖에 없었다. 중학교를 다닐 때는 한 학급이 35명 정도였고 전교생이 거의 400명이었는데, 그에 비하면 하늘과 땅만큼 차이가 났다.

학생이 적었기에 한 사람 한 사람 얼굴이 또렷이 보였다. 사람마다 성격이 다르듯이, "안녕."을 표현하는 방식도 모두 달랐다. 그게 정말 재미있었다.

손의 움직임이나 각도가 다르고, 리듬도 타이밍도 표정도, 전부 다르다. 그날의 기분이나 날씨에 따라서도 달라진다. 같은 의미의 "안녕."이어도 각자 자신의 표정과 손으로만 표현할 수 있는 특별한 말을 건넸다.

보청기로 듣는 "안녕."은 미세한 음량의 차이 외에는 별로 다르지 않았다. 컴퓨터로 입력해 변화라고는 없는 차가운 폰트를 읽을 때와 느낌이 비슷하다. 그에 비해 수어로 표현하는 "안녕."에는 살아 있는 사람의 숨결이 담겨 있다. 직접 적은 글자처럼 말하는 한 사람 한 사람의 성격이 "안녕."이라는 수어를 채색한다.

농학교에 입학하고 1년이 지나 자연스럽게 수어를 읽을 수

●　　일본 농학교의 고등 교육 과정은 일반 학교와 유사한 교육을 하는 고등부 보통과 (3년)와 전문적인 직업 교육에 중점을 둔 전공과(2년)로 구성되어 있다. 전공과는 농학교 고등부 혹은 일반 고등학교를 졸업해야 입학할 수 있으며, 농학교별로 가르치는 전공이 다르다.

있게 되었을 무렵, 갑자기 '아, 음색이란 이런 거였구나.' 하고
깨달았다.

　그토록 "안녕."은 다양했다.

　나는 "안녕."을 평범하게 전할 수 있었다.

　여러 음색의 "안녕."을 평범하게 들을 수 있었다.

　매일 아침, 대수롭지 않은 인사를 주고받는 게 행복했다.

　농학교에 다닌 5년 동안, "안녕."은 아무리 봐도 질리지 않
았다.

　　　　　　　∘　∘　∘

　농학교는 전교생을 합쳐 40명밖에 안 되는 좁은 세계였는
데, 바로 그래서 인간관계가 더욱 가깝고 두터웠다. 그와 더불
어 절반 이상이 한 살부터 이어진 소꿉친구 사이였다. 그 때문
에 수시로 추억담이 꽃을 피우곤 했다.

　여러 차례 반복한 주옥같은 이야기였기 때문일까, 그들이
들려주는 추억담은 그 당시 광경이 눈앞에 떠오를 만큼 생생
했다. 전혀 모르는 사람의 이야기인데도 넋을 잃고 빠져들 정
도였다.

　그중에 특히 이야기꾼다운 사람이 있었다. 그는 추억담을

이야기할 때 주관적인 표현뿐 아니라 상대방을 연기하며 대사를 말하거나 카메라 워크를 자유자재로 해서 위에서 내려다보는 시점으로 재연하는 등 마치 영화처럼 등장인물의 표정과 마음의 변화를 보여주었다.

그 훌륭한 이야기꾼을 동경하며 푹 빠져서 바라보다가 깨달았다. 나는 저렇게 이야기할 에피소드가 없다는 걸.

보청기를 끼던 시절에 만난 사람의 얼굴을 떠올려보면 그저 어렴풋하다. 특히 눈 주변이 안개가 낀 듯 흐릿하다. 그런데 누구의 것인지 모를 입들만은 똑똑히 기억난다.

청인과 이야기할 때는 보청기로 소리를 들을 뿐 아니라 입의 움직임과 표정에서 음성언어를 읽어내는 기술을 응용한다. 다른 사람보다 곱절은 더 입가를 바라보았기 때문에 상대의 입만은 기억에 남은 듯싶다.

거뭇거뭇한 수염, 입 속에서 빛나는 은니, 여기저기 튼 버석버석한 입술, 립스틱의 색, 무척 건강할 듯한 핑크부터 그와 정반대로 창백하기까지 한 혀들… 그처럼 세세한 단편만 기묘하게 기억에 남아 있다. 매끄럽지 않게 들리는 음성과 입 모양을 조합해서 필사적으로 말을 추측하는 것에 (그와 동시에 평범하게 들리는 척 연기하는 것에) 매달렸다. 내가 기억하는 것은 음성의 표면뿐이었고, 정작 중요한 내용은 내 몸으로 들어오지 않았다.

누군가에게 들려줄 만한 선명한 기억이 없다는 게 안타까웠다.

그래서 내가 어떤 아이였는지 어머니에게 물어보았다.

농학교에 입학한 뒤로 눈에 띄게 수다스러워진 나의 영향을 받아서 어머니도 조금씩 수어를 익히기 시작했다. 수어를 섞으니 음성만으로 할 때보다 더욱 이야기가 스며드는 듯했다. 그때부터 어머니에게 어린 시절의 일을 많이 물어보았다. 하지만 전부 남의 옛이야기를 듣는 것처럼 거리감이 느껴져서 마음에 와닿지 않았다.

다만 그중에 이상하게 걸리는 이야기가 하나 있었다.

"그러고 보니 발음훈련을 하고 돌아가던 길에 석양을 한참 동안 본 적이 있어. 너랑 같이 자전거를 타고 가는데, 하늘에 석양이 있었어. 정말 새빨갰어. 커다란 게 무서울 만큼 빨갰어. 네가 태양을 보고 '빠알개.' '크으다.'라고 말하더라. 엄마는 그 말이 정말 기뻤어. 우리 집 가까이에 있는 공원에서, 알지? 그 주택단지 공원… 거기서 해가 다 질 때까지 봤었어."

이 이야기는 어머니가 특별한 추억담을 들려준 다음에 갑자기 떠올랐다는 듯이 대수롭지 않은 잡담처럼 했던 것 같다. 이야기를 듣다 보니 내장 바닥에서 치밀어오르는 듯한 체감과 함께 무언가가 피부를 쑤시는 듯한 느낌이 들었다.

두근두근 맥동하는 그리움. 어머니의 대수롭지 않은 그 옛 이야기에서는 구체적으로 떠올릴 수는 없어도 꼭 찾고 싶은 훈훈한 향기가 났다. 그런 느낌은 처음이었다.

그 이야기를 들은 뒤로 하늘이 새빨개질 만큼 인상적인 석양을 마주할 때마다 태양이 지는 모습을 한참 보게 되었다.

만약 걷고 있는 중이라면 그 자리에 서고, 일을 하고 있다면 손을 멈추고, 공부하고 있다면 땡땡이를 치고, 친구와 놀고 있다면 헤어지고. 석양이 저물 때까지 차분히 시간을 들여서, 바라본다.

붉게 물드는 하늘을 올려다본다. 눈을 꼭 감아도 눈꺼풀 너머에서 붉은빛이 새어든다.

눈앞에 펼쳐진 석양을 바탕으로 오래전 어머니가 함께 보았을 환상의 정경을 내 속에서 이렇게도 저렇게도 그려보며 추억한다.

계절까지는 물어보지 않았다. 여름이었을까. 그랬다면 우리는 땀이 밴 티셔츠를 입었을 것이다. 더위에 녹초가 되어 헉헉거리면서 박수를 쳐 모기를 잡았을지도 모른다. 아니면 가을, 대형 태풍이 지나간 뒤의 석양은 붉은빛이 무척 짙으니 그때였을 수도 있다. 혹시 공기가 차고 맑은 겨울은 아니었을까. 겨울이었다면 복슬복슬하니 따뜻한 옷을 입고 하얀 숨을 토하며 석양을 보았을 수도 있겠다. 태양의 모양도 뚜렷이 보였을 게다. 아니면 봄이었을지도.

이렇게 확인할 길 없는 추측을 하지만, 계절을 따지는 것에는 의미가 없다고 생각한다. 언제든 좋았다. 태양은 어느 시대에든 어느 계절에든 있다.

환상의 정경에서 떠올리는 어머니의 얼굴은 흘러내리는 듯하면서 검붉다. 어차피 상상이니 내 마음대로 떠올려도 좋을 텐데 어떻게 해도 어머니의 얼굴은 잘 그려지지 않는다.

어머니가 무언가 말한다. 나는 눈이 부셔서 가늘게 뜬 눈으로 당시에 매일 했던 발음훈련대로 어머니의 입을 읽으려고 한다. 한 박자 늦게 보청기를 통해 들리는 어머니의 목소리가 한 알씩 되살아나는, 것만, 같다.

추억이 거기까지 다다르면, 언제나 정신이 번쩍 든다.

음성은 지긋지긋하기만 한 것이 아니었다. 피가 통하지 않는 얼어붙은 음성에 내 마음이 짓눌리지 않았던 아주 잠깐 동안이었지만, 들리는 소리가 세계와 직결되어 즐거웠던 시기가 내 인생에도 분명히 있었다.

부드럽고 둥글게 부풀어 통통거리며 튀어 오르는 조금 높은 어머니의 목소리는 미끄러지듯 귓속으로 들어왔다. 그 목소리를 들으면 마음이 진정되었다.

내가 석양을 보는 동안 어머니는 새로운 단어를 가르치기 위해서, 아니면 이미 배운 걸 복습하기 위해서 태양과 관련된 많은 말을 했을 것이다. 그 말들이 검붉은 그늘에서 움직이는 입과 음성과 함께 다시금 들려오는, 것만, 같다.

"태 양."
"빨 갛 다."
"눈 부 시 다."
"커 다 랗 다."

물론 세세한 부분은 내 상상 속의 추억에 지나지 않는다.

그렇지만 어머니와 저무는 석양을 보았던 것은 분명한 사실이다. 그 정경을 그려볼 때마다 왠지 모르게 희미한 기쁨이 느껴지며 살갗에 소름이 돋기 때문이다. 수없이 추억하고 싶은 이유는 그걸로 충분하다.

내 원초적인 풍경은 나만의 것이 아니며, 물론 어머니만의 것도 아니다. 어머니의 추억담과 내 체감이 돌고 돌다 만나서 누구의 것도 아닌 오갈 데 없는 기억으로 생겨났다.

어느 날 평소처럼 노을을 바라보는데, 그때까지 단순히 '빨 갛다'고 생각했던 노을에 실은 훨씬 다양한 색이 있다는 것을 깨달았다.

태양이 당장이라도 사라질 것 같은 순간, 태양 주변은 짙고 옅은 색들로 복잡하게 채색되었다.

분홍빛, 주홍빛, 황금빛, 군청빛, 쪽빛 등이 있었고, 그 색들 은 점점 짙어지고 옅어졌다. 태양 자체는 먼 하늘에 퍼진 석양 처럼 그리 붉지 않았다. 호화로울 만큼 황금빛인 태양에는 더 욱더 깊은 곳이 있었다. 그곳을 향해 눈을 가늘게 뜨면, 폭력 적으로 망막을 꿰뚫는 심연의 하얀빛이 보였다.

일단 깨닫고 보니 여태껏 '붉다'는 한 마디로 정리했던 것 을 이해할 수 없었다. 그만큼 머리 위로 퍼지는 석양은 무한한 색채들로 가득했다.

그때, 세계는 형언하지 못할 색으로 가득하다는 사실을, 그 리고 사람의 목소리도 우열을 가릴 수 없고 하나의 틀에 담을 수 없는 무수한 색으로 가득하다는 사실을 처음으로 체감하고 이해한 것 같다.

　망상에 가까운 석양의 원초적 풍경을 추억하며 하나의 자연현상을 진심으로, 지그시, 거듭거듭, 바라보는 법을 배웠다.

도플갱어

초등학교 6학년 때, 앨범을 열심히 보았던 시기가 있었다.

수업을 마치고 집에 돌아오면, 책장에 있는 앨범을 몇 권 꺼내서 하나씩 펼쳐봤다.

앨범에는 갓난아기 때부터 초등학교에 입학할 때까지 순조롭게 성장한 남자아이의 사진이 담겨 있었다. 남자아이는 집, 학교, 산, 바다, 모래사장, 공원 등 여러 장소에서 웃거나 울거나 멍하거나 집중하는 등 다양한 표정을 지으며 달리거나 놀거나 연극 발표를 하거나 책가방을 메고 걷는 등 이런저런 행동을 하고 있었다.

남자아이는 강아지처럼 있는 힘껏 살고 있었다. 적어도 사진에 찍힌 남자아이에게서는 그런 인상을 받았다.

이 사진이 찍힌 순간, 이 남자아이는 어떤 생각을 했을까.

이렇게나 웃고, 울고, 기뻐하면서.

앨범 표지는 무사 차림 인형으로 멋지게 꾸며져 있었고, 그 아래에 내 이름이 쓰여 있었다. '남자아이'는 '나'였다. 하지만 이 사진이 찍혔을 때 내가 체험했을 일들은 내 기억과 연결되어 있지 않다.

이건 정말로 '나'일까?

앨범을 들고 어머니에게 "이때 일, 기억해요?"라고 물어보면 "아, 기억나." "여기서 그런 일을 했어." "네가 어떤 말을 했는데." 하고 추억들을 들려주었다. 어머니가 들려주는 이야기가 상세할수록 나의 기억과 차이가 커서 깜짝 놀랐다.

젖병. 발음훈련 교실. 선생님들. 필기도구. 책가방. 운동화. 체육복. 스티커가 붙은 옷장. 그날의 날씨. 옷. 표정. 손때가 탄 장난감. 어두운 체리색 카펫. 브라운관 텔레비전. 만화 주인공의 복장.

일상생활에서 찍은 사진에는 내가 만났고 만졌던 것들이 담겨 있었다. 나도 거기에 있었다. 틀림없이 그랬을 것이다. 그런데 앨범의 사진 속 '남자아이'는 아무리 봐도 그냥 남 같았다. '나'의 기억으로 마음을 움직이는 사진은 없었다.

학교에서 졸업앨범 부록인 문집에 실을 글을 쓰라고 한 것이 계기였다. 주제는 '추억으로 남은 것'. 빨리 쓰면 그만큼 자유시간이 늘어났기 때문에 주위 아이들은 술술 썼다. 하지만 나는 단 한 글자도 쓸 수 없었다. 머릿속이 텅 비어서 쓰고 싶은 것이 전혀 떠오르지 않았다.

'추억이라니, 어떤 걸까.' 새하얀 종이 앞에서 멍하니 있었다.

결국 학교에서는 한 글자도 못 쓰고 숙제로 집에 가져갔다. 그리고 글을 쓰기 위해 추억을 찾아서 앨범을 들추기 시작했다.

당연히 그 전에도 앨범을 보기는 했지만, 사진의 겉을 훑을 뿐 찍혀 있는 일들에 대해 생각이 미친 적은 한 번도 없었다. 새삼 생각한들 역시 아무것도 기억나지 않았다.

기억이 나지 않으니 아무 일도 없었던 것으로 치고 넘어갈 수도 있었다. 하지만 사진들이 '너는 여기에 있었다.'라는 사실을 잔혹할 만큼 내 앞에 들이밀었다.

특히 등골이 서늘할 만큼 초조함을 느낀 것은 함께 놀았을 친구, 따뜻하게 대해주었을 선생님, 누구보다 많이 대화했을 가족 등 친밀한 사람들과 나눈 대화를 전혀 기억하지 못한다는 사실이었다.

그들의 이야기도, 그들에게 보냈을 나의 말도, 하나도 기억나지 않았다.

내 속에는 '목소리'가 남아 있지 않았다.

'이 남자아이는 대체 누구지?'

사진 속 '남자아이'는 '나'와 괴리되어서 아예 타인이 되었다.

사진 속에서 활기차게 살아가는 '남자아이'가 '나'라고는 생각하지 못한 채 앨범을 보고 있으니, 마치 다른 사람의 앨범을 보는 것만 같았다.

왜 모르는 사람의 앨범이 우리 집에 있을까.

결국 아무런 인상도 남지 않는 무난한 글을 써서 냈던 것 같다.

○ ○ ○

당시에는 수년 뒤 1999년이라는 세기말이 찾아온다는 이유로 텔레비전과 잡지에서 '노스트라다무스의 예언'을 자주 다루었다. 그 영향을 받아서 교실에는 누군가가 가져온 오컬트 관련 책이 퍼져 있었다. 학교의 도서실에도 몇 권 있을 정도였다.

쉬는 시간이 되면 도서실에 틀어박혀 책을 읽는 게 내 일과였기 때문에 새로 들어온 오컬트책들도 읽어보았다. 여러 권의 오컬트책 중에서 내가 가장 좋아했던 것은 예티*와 스카이피시**같은 UMA(미확인 생물)를 다룬 책이었다. 거기서 '도플갱어'라는 현상이 있다는 것을 알았다.

'다른 세계에서 온 또 하나의 자신', '나와 쏙 빼닮은 분신', '살아 있는 영혼' 같은 설명과 함께 "도플갱어를 보면 머지않아 죽는다."라는 문장이 쓰여 있었다.

앨범 속 사진의 '남자아이'가 '도플갱어'와 연결된 순간, '남자아이'의 정체를 알게 된 듯해서 안심했던 것이 이상하게 생생히 기억난다.

역시 '나'와 다른 아이가 사진에 찍힌 것이었다.

내가 모르는 곳에 '나'의 분신이 있는데, 그 녀석은 독자적으로 행동을 한다. 그러니 내가 아무것도 기억하지 못하는 게 당연하다. 나는 그런 체험을 한 적이 없으니까.

'도플갱어'의 존재를 인정하니 사진을 봐도 아무런 기억이 나지 않았던 이유가 납득되어 안심할 수 있었다. 황당무계해도 상관없으니 기억나지 않는 이유가 필요했던 것이다.

---

* 히말라야 고지대에 산다고 하는 수수께끼의 동물.
** 긴 막대기처럼 생겨서 시속 300킬로미터 가까운 속도로 날아다닌다고 하는 수수께끼의 동물.

그렇지만 '남자아이'가 '도플갱어'라면 '내가 겪은' 진짜 기억은 어디에 있을까. 이런 또 다른 의문도 떠올랐다. 경험한 것을 전부 기억하지 못하는데, 왜 '나'는 '나'일까?

사진에 찍힌 '도플갱어'를 볼 때마다 '나'는 '나'를 잃어버렸다. 오컬트책에 쓰여 있었던 "도플갱어를 보면 머지않아 죽는다."라는 설명이 진짜라고 믿었다. 나라고 여길 수 없는 자화상을 보는 건 그만큼 불쾌했다.

'도플갱어'를 향한 혐오감이 지나친 나머지 중학교에 입학하던 무렵부터 '사진'이라는 걸 전부 거부하게 되었다. 일단 사진을 의식하면 내가 내가 아니게 되는 듯한 불쾌감이 들었기 때문이다.

중학교는 전철로 통학했기에 차내에 광고 사진이 가득했다. 그런 광고 사진을 포함해서 사진들을 모조리 인식하지 않으려고 의식의 셔터를 일부러 내렸다. 사진이 들어간 책과 잡지는 전혀라고 해도 될 만큼 읽지 않았고, 어딘가로 갈 때는 만화나 소설에 시선을 고정했다. 그런 규칙을 매일매일 철저하게 지키니 정말로 사진을 의식하는 일이 없어졌다.

사진을 봐도 저건 사진이구나 의식하지 않고 다른 곳으로 눈을 돌렸다. 그런 기술이 몸에 익으니 조금은 편해졌다.

그렇게 사진과 거리를 두고 지냈는데, 중학교에 들어가서 얼마 지나지 않아 일회용 카메라가 유행했다. 그 전부터 유행했겠지만, 카메라를 드는 또래들이 눈에 띈 건 중학교 때부터였다. 값비싼 카메라로 찍었던 사진이라는 특별한 매체가 급격히 일상과 가까워졌다. 일회용 카메라로 찍거나 찍히는 광경이 학교 여기저기에서 보였다. 운동회와 졸업식 같은 행사에서 즐거워하며 사진을 찍는 사람들을 보면서 혐오감이 들었지만, 내심으로는 무척 부러웠다.

스스로 모순이라고 생각하면서도 많지 않은 용돈을 헐어 일회용 카메라를 샀다. 학교에서 카메라를 꺼낼 용기는 전혀 생기지 않았고, 통학하는 길에 스냅을 찍었다.

값싼 사진관에 인화를 맡기고 두근거리면서 받아든 첫 사진들은 전혀 재미있지 않았다.

학교 가는 길. 가드레일. 새. 남의 집 개. 역전의 상점가. 밤에 플래시를 터뜨리며 찍은 나무. 우리 집 정원. 편의점.

지금 돌이켜보면 1995년의 풍경이 담긴 사진으로 그럭저럭 의미가 있다고 생각한다. 하지만 없는 돈을 털면서 꼭 찍어야 할 사진은 아니었다.

그 사진들에는 부자연스러울 만큼 인물이 없었다. 거리의 스냅 사진이라면 사람도 담기는 게 자연스러운데, 절대로 인물이 들어가지 않게끔 사진을 찍었던 것이다.

대상과 대화하려는 자세가 없으면, 설익은 자아를 눈앞의 대상에 투영하면서 사진을 찍게 된다. 그렇게 독선적인 사진은 영양이 부족한 상태와 비슷해서 얄팍할 뿐이다.

사람의 사진 따위 없어도 된다고 오기를 부렸지만, 실은 대화를 하면서 사람을 찍고 싶었다. 서로 이야기를 주고받는 과정을 거치며 그 결과로 사진 한 장을 찍고 싶었다. 당시 내가 진짜 무엇을 바랐는지 지금은 알고 있다.

그렇지만 그때 나는 사람과 이야기하는 것을 무척 귀찮아했고, 무서워했다. 다른 사람과 평범하게 이야기하길 원했지만, 내 마음을 있는 그대로 표현할 방법을 몰라서 누구와도 제대로 대화하지 못했다.

사진은 내게 커뮤니케이션이 결여되어 있음을 잔혹하리만치 드러내 보였다.

○　○　○

십수 년이 흘렀지만 지금도 샤쿠지이농학교의 광경은 선명히 떠오른다.

수업 종 역할을 하는 전등이 깜박거리면서 수업 종료를 알리자마자 교실을 뛰쳐나가서 계단을 내려간다. 저 앞의 복도에 마치 나비가 날갯짓을 하듯 손을 움직이는 학생들이 있다.

수업과 수업 사이의 쉬는 시간에 학년을 따지지 않고 많은 학생이 복도에 모여서 수다를 떠는 것이 일상 풍경이었다.

완급 조절을 하며 움직이는 손과 팔, 섬세하게 변하며 수어의 의미를 지탱하는 표정. 나는 그제야 알게 되었다. 오가는 말 하나하나에 이야기하는 사람의 마음의 색이 깃들어 있다는 것을.

모든 움직임이 목소리로 들리는 광경은 시각 정보들로 빽빽해서 시끄러울 정도였다. '목소리'를 통해서 말의 겉에는 없는 상대방의 기분과 성품이 전해진다. 그리고 상대방에게도 내 '목소리'가 무언가를 전한다. 교대로 전하는 것을 느끼면서 존재의 무게를 음미한다.

그렇게 주고받은 대화는 가슴속에, 배 속에, 묵직하게 모여서 피와 살이 되었고, 마음 구석구석까지 영양분으로 스며들었다. 지금껏 경험한 적 없는 '목소리'의 맛에 전율하는 마음이 지금껏 스스로 생각지 못했던 말을 개척했다. 새로운 말을 던졌다. 그러면 다시 저쪽에서 말이 찾아들었다.

말이 순환할수록 친밀함과 관계가 깊어졌다. 물방울들이 모이고 모여서 물웅덩이를 호수로 만들듯이.

이런 것이 '살아 있는 대화'라고 생각했다.

○　○　○

듣지 못한다는 것이 판명된 뒤 다니기 시작한 '듣기와 말하기 교실'의 발음훈련 선생님은 다음과 같은 교육 방침을 지닌 분이었다.

'수어는 지적 수준을 저하시킵니다.' '보청기를 끼고 남은 청력을 활용하면 평범한 아이처럼 이야기할 수 있습니다.' '수어는 몸짓과 손짓밖에 전달하지 못합니다. 어릴 때 수어를 익혀버리면 음성을 들으려는 의욕이 꺾입니다. 남은 청력을 활용하는 게 가장 중요하니 다른 교육기관에 한눈팔지 마세요.'

그 방침은 내 부모님의 '일반 학교에 다니면 좋겠다.'라는 바람과 일치했다.

현재, 내 발음은 그럭저럭 좋은 모양이다. 사진가로 일하는 것에 전혀 도움이 되지 않았다고는 할 수 없다. 매일 자전거 페달을 밟으며 보육원에서 '듣기와 말하기 교실'로 데려다주고, 집에서 밤낮으로 발음훈련을 시켜준 어머니에게 감사하는 마음도 있다.

그렇지만 내 입에서 나가는 발음이 얼마나 정확한지 스스로는 알 수 없다. 말하고 싶은 것이 제대로 전해졌는지 확인하려면 눈앞에 있는 청인의 반응을 살펴야 한다.

침묵. 깜박거리고는 좌우로 흔들리는 눈. 망설임. 찌푸리는 미간. 얼버무리는 쓴웃음. 노골적으로 멸시하는 눈빛. 상대방의 표정에 한순간 떠오르는 정보에 무척 민감해졌다. 이따금씩 가까운 가족의 얼굴에서도 그런 정보가 보였다.

청인의 크고 작은 반응들을 접하며 '내 발음은 아직도 멀었구나.' 하고 고민할수록 마음이 점점 꺾였다. 아주 조금 좋은 발음을 얻기 위해 나 자신에 대한 신뢰를 버리고 말았다.

내 발음에 적응해주는 친구나 선생님과 노력해서 관계를 맺어도, 시간이 지나면 자리를 바꾸든 반이 바뀌든 해서 사람이 몽땅 달라지는 바람에 도로 아미타불이 되었다. 새 학기에는 늘 우울했다. 새로운 사람과 만날 때마다 내 발음에 익숙해지게 하는 과정을 처음부터 다시 시작해야 했다.

매사가 원활하게 진행되도록 언젠가부터 내가 하고 싶은 말보다 청인에게 '잘 들리는 (듯한) 발음'을 말하게 되었다.

내 마음이 통하지 않는 목소리에 생기가 있을 리 없었다. 그렇게 차가운 목소리가 타인의 마음에 가닿아 파문을 일으킬 가능성은 더더욱 없었다. 그래서 대화가 이뤄지지 않았다. 목소리는 정체된 채 바닥으로 가라앉기만 했다.

누군지도 모를 '청인'이라는 막연한 존재를 향해 돌아오지 않는 공을 던지는 듯한 행위는, '살아 있는 대화'와 대비되는 '죽어 있는 대화'였다.

떠올릴 만한 기억이 없는 게 당연했다. 마음을 중심으로 돌고 돌다 만나는 목소리들의 '살아 있는 대화'를 음성언어로 나눈 적이 아예 없었기 때문이다.

○ ○ ○

고등학교 2학년의 메인이벤트로 타 학교 축구부와 친선시합이 열렸다.

농학교는 학생 수가 적어서 인원 부족으로 시합을 못 하는 경우가 있었다. 나는 육상부였지만, 머릿수를 맞추기 위해 종종 다른 운동부의 시합에 참가하곤 했다. 그 덕에 의도치 않게도 육상, 축구, 야구 등 스포츠 전반을 경험할 수 있었다. 그토록 싫어했던 단체 경기가 동료와 평범하게 대화할 수 있다는 이유만으로 전과 전혀 다르게 즐거운 운동이 되었다.

친선시합 전날에 비가 많이 내려서 시합이 가능할지 걱정했지만, 당일에는 쾌청했다. 그리고 그때껏 지기만 했던 시합에서 승리했다. 그날 득점 중 하나가 나의 첫 골이기도 했다. 축구를 잘하는 동급생의 멋진 어시스트 덕에 넣은 골이었지만, 그래도 무척 기뻤다.

승리가 확정됐을 때는 지나칠 만큼 흥분했다. 그 흥분을 유지한 채 축제도 뒤풀이도 마친 뒤 깜깜한 운동장에서 흙투성이인 친구들과 다 같이 사진을 찍었다.

그 사진에 찍힌 '남자아이'는 '나'의 기억과 강하게 연결되어 있다.

운동장을 비추는 눈부신 조명, 어두운 밤, 차가운 바람, 손가락 사이에 덕지덕지 달라붙은 흙의 감촉, 영원히 계속될 것 같은 고양된 감정, 어깨동무를 한 친구들 한 명 한 명의 열기, 즐겁게 이야기하는 친구들의 수어… 언제든 몇 번이든 기억해낼 수 있다.

그날 나눈 대화와 느낌은 모든 감각의 구석구석까지 닿아서 결코 빼낼 수 없는 '나'의 일부가 되었다. 사진을 보면 오감이 깨어나며 기억이 두근두근 맥박을 친다. 그것이 사진에 찍힌 '남자아이'의 모습을 '나'로 만들었다.

추억이란 말과 의미만으로 이루어지는 것이 아니었다. 여러 감각에 의해 중층적인 구조를 한 것이 추억이었다.

'추억한다'는 것이 무슨 의미인지 조금 알 듯했다.

음성에 사로잡혀 있던 시기의 '나'는 수어를 만난 뒤로 같은 인간이라 할 수 없을 만큼 전혀 다른 '나'로 변모했다. 그처럼 외견은 같은 '나'라도 그 속은 일정하지 않을 수 있다. '나'는, 나아가 '인간'은 항상 다른 색을 띠며 변해가는 존재인 것이다.

'추억한다'는 것은 '과거의 나'라는 타인과 대화하는 것이라고 생각한다.

과거를 추억하지 못해 괴로웠던 것은 '같은 나니까 당연히 그때 일을 있는 그대로 기억해낼 거야.'라는 믿음에 사로잡혀서 '과거의 나'와 대화하지 않고 '현재의 나'에 맞춰서 억지로 기억을 비틀어 끄집어내려 했기 때문이다.

사진에 찍힌 '남자아이'는 분명히 도플갱어였고 영원한 타인이었다. 그걸로 괜찮았던 것이다.

"야, 너는 뭘, 어떤 걸 생각하고 있냐?"

앨범의 사진에 찍힌 '남자아이'에게 묻는다.

'남자아이'는 말이 없다. 하지만 사진에 찍힌 표정과 그 공간이 오래전 몸에 주었던 자극은 지금 조용히 '나'의 무언가를 흔든다. 과거와 현재 사이의 균열에서 느리지만 뜨겁게 무언가가 일어난다. 쉬지 않고 변하여 하나의 형태로 고정되지 않는 그것을 사랑하며 더욱더 말을 건다. 돌아오는 답은 흔들흔들 변화한다. 그처럼 메우기 어려운 균열이 있기에 비로소 생생하게 살아 있는 관계를 원하며 언제까지나 추억할 수 있다.

'추억하는 것'이란 바로 이런 것이라고 생각한다.

사진에 남은 도플갱어는 한없이 가까운 타인이라고도 할 수 있다. 바로 그렇기에 언제든 몇 번이든 질문을 던질 수 있는 침묵의 벗이기도 하다.

초등학교에서는 일주일에 두 시간 정도 음악 수업이 있었다. 음악실은 학생이 35명 들어가도 여유가 있을 만큼 넓었다. 음악실의 3분의 1은 무대처럼 한 단이 높았고, 피아노, 드럼, 실로폰, 악보 보면대 등이 있었다.

음악 시간에 내 자리는 무대 위로 정해져 있었다. 수업 내용에 따라서 선생님 옆이나 스피커나 피아노, 드럼 같은 악기 옆으로 옮기기도 했다. 음원 곁에 있으면 조금은 음악을 알아들을 것이라고 배려한 자리 배정이었다.

나 외에 34명의 동급생은 무대 아래에 모여 있었기 때문에 나에게 모든 이목이 쏠렸다. 너무 부끄러워서 참기가 어려웠다. 모두의 시선을 피해서 늘 바닥을 보며 이대로 사라지고 싶다고 생각했다. 내 눈이 본 것은 이름이 쓰여 있는 실내화, 머리카락이 엉겨 붙은 먼지, 타일의 경계선이었다. 바닥에 시선을 떨군 채 멍하니 시간을 보냈다.

어떡하다가 무대 위에 앉게 되었는지 이제는 정확히 기억나지 않지만, 엉뚱한 음을 내고는 지루해하는 나에게 음악 선생님이 "보청기를 껴도 잘 안 들리니? 어디 앉으면 좋을까?"라고 물으면서 시작되었던 것 같다.

당시에는 '나는 듣는 사람이다.'라고 강하게 믿었기 때문에 음악을 알아듣지 못한다고 인정할 수 없었다. "커다란 소리 옆이라면 알 수 있어요." 아마 이렇게 답했겠지. 그렇게 내 자리는 무대 위로 올라갔다. "감사합니다. 무척 잘 들려요." 이런 말을 생글거리며 하지 않았을까. 듣는 사람처럼 평범하게 말했다고 기뻐했던 게 어렴풋이 기억난다.

실제로는 음원 가까이에 가도 귀를 찢는 듯한 소음이 커질 뿐이라서 '음악을 즐길 수 있는' 환경과는 거리가 멀었다.

음악 선생님이 피아노를 치거나 음반을 틀면, 동급생들은 일제히 같은 곳을 보았다. 그 시선을 따라서 소리가 나는 곳을 확인했다. 나로선 뭐가 좋은지 알 수 없는 음악이 모두를 감쌌다. 모두가 음악에 감싸여 열중해서 듣는 것처럼 보였다. 나는 실눈을 뜨고 주위를 관찰하며 음악에 푹 빠진 척했다.

음악 수업은 기본적으로 움직이지 않고 자리에 앉아서 들었다. 그 때문에 나는 교과서에 쓰인 가사를 읽으며 동급생들의 반응, 덜덜거리는 진동, 싸르륵대며 귀에 들어오는 소음 섞인 소리를 바탕으로 모두를 감싸고 있을 음악을 상상했다.

그렇지만 상상하고 또 상상해봐도 음악은 알 수 없는 것이었다.

내게는 귀를 때리는 잡음에 불과한 것이 모두의 귀에는 어떻게 들리고 있을까. 음악을 들으면 어떤 기분일까.

대수롭지 않다는 듯이 음악을 듣고 연주하는 동급생이 모두 나보다 뛰어난 존재로 보였다.

노래를 부르거나 악기를 연주할 때는 가사를 통째로 외운 다음 주위를 지긋이 관찰하면서 호흡하는 타이밍을 재고 그럴듯하게 입만 벙긋거리며 노래하는 흉내를 냈다. 리코더나 건반은 옆 사람을 곁눈으로 계속 보며 손놀림만 따라 해서 부는 척, 치는 척. 그렇게 음악을 할 줄 아는 척만 능숙해졌다.

그렇지만 어설픈 속임수는 전부 들통나 있었다.

초등학교 고학년에 올라가자 리코더 시험에서 면제를 받았다. 어느새 그렇게 되어 있었다. 동급생들이 한 명씩 연주하는데 내 차례가 되자 선생님이 뭐라 하더니 나를 건너뛰고 다음

학생을 불렀다.

연주할 때마다 동급생들의 난처해하는 표정을 보기가 고통스러웠기 때문에 연주할 필요가 없어진 데 안심했다. 하지만 한편으로는 나 자신이 너무나 부끄러웠다.

실기 시험을 면제받은 뒤로 음악 수업은 더더욱 지루해졌다. 선생님도 더 이상 내게 말을 걸지 않았기 때문에 자리에 멍하니 앉아 있을 뿐이었다. 너무 지겨워서 언제부터인가 음악 시간이 되면 보청기의 전원을 껐다.

수업이 시작되고 10분 정도 지났을 때 몰래 보청기를 껐다.

달칵.

잡음이 몽땅 사라진다. 눈에 보이는 세계의 윤곽이 또렷하고 날카로워진다. 어중간하게 들을 때는 보이지 않던 것이 보이는 듯해서 기분이 상쾌해진다. 그 상쾌함에 의지해서 음악 시간을 간신히 보냈다.

∘ ∘ ∘

음반을 틀어 감상하는 시간에는 커다란 스피커 옆에 앉아야 했다. 오른쪽에는 스피커, 왼쪽에는 큰 창문이 있는 자리였다. 음악실은 3층이라서 창문 너머로 교정을 전부 내려다볼 수 있었다. 항상 한 반 이상은 체육 수업을 했기 때문에 다행히 그들을 보며 지루함을 달랠 수 있었다.

어느 날, 체육 선생님이 시켰는지 몇몇 학생이 운동장에 하얀 선을 긋는 게 보였다. 운동회가 임박했을 때라 계주 연습을 위해 코스를 그리는 것 같았다.

그날은 하늘에 엄청 두꺼운 먹구름이 드리워서 금방 비가 내릴 듯한 날씨였다. 약간 어두운 그늘에서 움직이는 학생들의 하얀 체육복과 석회 가루의 흰색이 무척 맑아 보였다. 머지않아서 하얀 선은 한 바퀴에 200미터인 타원을 완성했다.

한동안 선생님이 무언가 이야기한 다음, 수십 명의 학생들이 하얀 선을 따라 일제히 달리기 시작했다. 당시 체육 선생님은 툭하면 달리기를 시켰다.

출발하자마자 발 빠른 사람과 그렇지 않은 사람의 차이가 순식간에 벌어졌다. 5분이 채 지나지 않아서 한 바퀴 뒤진 사람이 나오기 시작했다. 거의 맨 뒤에서 무거운 발놀림으로 싫은 듯이 달리는 소년이 눈에 띄었다. 나도 운동회 때마다 우울해서 터덜터덜 달리다 몇 바퀴씩 뒤처지기 일쑤였기에 그에게 친근감을 느끼며 내려다보았다.

그 뒤로 몇 바퀴를 달리면서 몇 명을 더 추월하는 발 빠른 사람, 반대로 지쳐서 속도를 늦추는 사람, 대충대충 하다가 본

격적으로 달리는 사람 등이 나오며 여럿이 뒤섞였다. 발이 느린 소년도 사람들 사이에 휩쓸려서 보이지 않았다.

누가 빠른지 느린지 알 수 없었다.

빙빙. 빙빙. 사람들이 뒤섞인다. 빙빙. 빙빙. 사람들이 돌고 있다.

내 오른쪽에서는 스피커가 큰 소리로 음악을 흘려보내고 있었다. 중저음의 진동이 둥둥둥둥 발밑을 울렸다. 그 울림은 운동장을 달릴 때 모래와 지면이 서벅서벅 마찰하는 느낌과 연결되는 것 같았다.

점점 비구름이 짙어져서 일대가 한층 더 어두워졌다. 체육복과 흰 선이 더욱 뚜렷하게 보였다. 빙빙, 빙빙. 멍하니 빙글빙글 눈알을 돌리다 보니 머리가 띵했다.

발밑에서 울리는 진동 때문에 시야에 미세한 떨림이 일어났다. 언제 끝날지 모르는 음악의 울림에 맞춰 머리는 더욱더 띵해졌다. 하지만 꽉 죄였던 머리가 풀리는 것 같은 느낌이라서 결코 싫지는 않았다.

그때, 꺼두었던 보청기의 전원을 켰다. 잡음을 더하면 더욱 신날 줄 알았던 걸까. 왜 그런 생각을 했는지는 잊어버렸다.

잡음이 머릿속을 헤집었다. 예상 이상으로 시끄러웠다. 눈을 꾹 감았다.

눈꺼풀 안쪽에 은빛 원이 보였다.

『꼬마 깜둥이 삼보』*에서 나무 주위를 빙빙 돌다 버터가 되어버린 호랑이처럼, 하얀 선과 사람들이 서로 뒤섞인 하나의 원이었다. 강한 햇빛을 똑바로 보면 빛의 잔상이 오랫동안 남듯이 눈을 떠도 계속 은빛 원이 보였다.

두꺼운 비구름 아래에서 바라보는 은빛 원은 흔들리며 실제 하얀 선과 겹쳐졌다가 두근두근 요동쳤다.

비몽사몽간에 눈을 가늘게 뜨고 은빛 원을 보고 있으니 그토록 싫었던 보청기의 찌르는 듯한 잡음이 조금이지만 기분 좋게 들렸다. 아주 조금이지만. 그 '아주 조금'이 그때의 내게는 기적 같았다. 나와 무관하다고 여겼던 음악을 난생처음 친근하게 느낀 순간이었다.

딱딱하게 굳었던 마음이 부드럽게 녹는 게 느껴졌다. 다시 눈을 감았다.

어둠 속에서 귀와 피부를 울리는 진동에 감각을 기울이자, 매우 미세하게 늘어났다 줄어들며 진동하는 것이 느껴졌다. 음악에 빠져든다는 것은 어쩌면 이 떨림의 미세한 움직임을,

---

• 헬렌 배너만 지음, 고산 옮김, 동서문화사 2005. 엄마 아빠에게서 선물을 받은 삼보가 신나서 정글로 산책을 나갔다가 호랑이들을 만나 선물을 전부 빼앗기지만 호랑이들이 서로 다툼을 벌이다 버터가 되어버리고 삼보는 선물을 되찾는 데다 맛있는 호랑이 버터도 맛본다는 줄거리다.

깊이를 더욱 느끼는 것일까.

스피커에서 나오는 소리의 진동이 어우러지니 은빛 원은 한층 더 생명체처럼 숨을 쉬었다. 두근두근. 부풀었다가 오그라든다. 두근두근. 내 심장의 고동과 딱 맞추어서 은빛 원이 춤을 춘다.

그 뒤로도 음악 수업은 있었다. 여전히 정신을 갉아먹는 듯한 시간이었고, 두 번 다시 은빛 원은 보지 못했다.

그래도 아무런 감동도 일으키지 못했던 음악이, 내 마음을 죽일 뿐이었던 음악 수업이, 섬뜩하리만치 아름다운 은빛 원과 만나게 해주었다는 것은 분명하다.

손으로 말하는 사람

。

    사진은 회화처럼 작가의 의도와 세계관이 고밀도, 고농도로 나타나지는 않는다. 사진이란 눈앞에 있었던 광경이 카메라를 거쳐 조정한 빛에 의해 한 장의 종이에 찍힌 것에 지나지 않는다.

    설령 작가가 엄밀하게 완성된 이미지를 갖고 있다 해도 그대로 찍히지는 않는다. 이미지대로 찍었다고 생각해도, 작가 본인이 의도하지 않은 오차가 반드시 끼어든다.

    한 개인의 작위와 사상 같은 범주에 들어갈 수 없는, 오차가 잔뜩 있어 제멋대로에 생기 넘치는 사진일수록 사람을 끌어당기고 놓아주지 않는 힘을 지니고 있다. '좋은 사진'이라는 게 있다면, 아마 그처럼 알 수 없는 현상을 많이 포함하고 있을 것이다. 그런 한 장의 사진은 작가의 의지 역시 깊은 곳에서 변혁하길 촉구한다.

내가 생각하는 사진의 흥미로운 점은 뜻하지 않은 형태로 생겨난 그 오차가 바로 작가 자신의 세계에 새로운 깨달음으로 환원된다는 것이다. 그리고 오차 덕에 얻은 새로운 깨달음을 품고 세계를 바라보며 사진을 찍으면 또다시 의도하지 않은 오차가 생겨난다.

의도하지 않은 것이 찍혀 있는 사진일수록 분할 만큼 재미있다. 세계가 일으키는 것에는 도저히 당해낼 수 없다고 좌절하지만, 실은 정말 기쁘다. '모르는 것'의 풍부한 맛을 음미하면서 끝없이 반복하는 행위. 그런 행위가 '사진을 찍는 것'이라고 지금은 생각한다.

예전에는 '사진'을 '내 진실이 찍히는 것'이라고 순진하게 믿었었다. 지금은 털끝만치도 그렇게 생각하지 않지만, 어쨌든 꽤 오랫동안 '사진'이라는 두 문자에 휘둘렸구나 싶다.

도대체 누가 정했는지 모르지만, '사진寫眞'이라니 왜 이렇게 거슬리는 말로 번역했을까. '진실眞이 찍힌다寫'고 착각할 만한 너무 멋들어진 말보다 20세기 초에 간행된 사진잡지의 제목처럼 '광화光畵'라고 하는 게 군더더기가 없어 구체적으로 딱 와닿는다.

그래도 '진실이 찍힌다'고 순진하게 믿었던 시기가 있었기 때문에 나는 결과적으로 사진에 빠져들 수 있었다. 당시 느꼈던 의문과 당혹감이 그 계기가 되었다.

○ ○ ○

샤쿠지이농학교 고등부를 다닌 3년 동안, 그때껏 느꼈던 고독을 털어내려는 듯이 많은 사람과 이야기를 나눴다. 그러면서 일회용 카메라로 사진도 많이 찍었다. 평범하게 대화할 수 있을 때마다 기뻐서 새로 배운 수어로 이야기하며 틈틈이 사진을 찍었다. 나눈 대화가 인상적일수록 그때 찍은 사진에서도 더욱 깊은 맛이 났다. 사진에 열중했다기보다는 대화의 결실을 거듭 맛보기 위해 사진을 찍었다.

고등학생 때는 돈이 없었고, 또 그렇게까지 사진에 빠져들지 않았기 때문에 평균적으로 한 달에 서른아홉 장짜리 일회용 카메라 하나를 소비하는 정도였다. 그래도 사진을 끔찍이 싫어해서 제대로 된 사진 한 장 없던 초등학교, 중학교 시절과는 비교할 수 없을 만큼 달라진 것이었다.

계속 찍다 보니 그럭저럭 사진이 쌓여갔다. 사진에는 친구들이 찍혀 있었다. 즐거운 순간이었고 좋은 표정이었기에 그

때 나눴던 대화가 되살아났다. 나쁘지 않은 사진이었다. 하지만 그래 봤자 기념사진으로 좋은 것이었다.

그처럼 딱딱한 사진보다는 실패와 오차 때문에 의도하지 않은 순간을 포착한 사진에 더 마음이 끌렸다.

"자, 치즈!" "하나, 둘, 셋, 찍는다!" 하고 신호하는 타이밍이 어긋나거나, 플래시가 너무 밝아서 얼굴이 하얗게 날아가거나, 씩씩하게 포즈를 잡았건만 눈을 반쯤 감거나 하는 오차가 생겨났을 때 찍은 사진은 암만 봐도 질리지 않았다.

의외성 있는 오차의 순간을 담은 사진은 수어로 한창 얘기할 때 주로 찍혔다.

수어로 이야기하는 동안 손과 표정은 끊임없이 휙휙 변화한다. 만화경처럼 눈 깜짝할 사이에 모든 것이 달라진다. 어지러울 정도라서 사진을 찍으려고 하면 어쩔 수 없이 흔들리고 말았다.

플래시를 쓰면 움직이는 손과 표정을 찰칵 포착할 수는 있었다. 하지만 입이 칠칠치 못하게 벌어져 있거나 흰자위가 드러나거나 눈을 반쯤 감는 등 어중간하게 찍혀서 웃기기는 해도 매력적인 순간이라고 하기는 어려웠다.

이따금씩 '좋은 것 같은데.' 하는 사진을 찍었지만 수어를 모르는 사람에게는 '손을 격렬하게 움직이면서 춤추는 사람'

으로밖에 보이지 않을 것 같았고, 얼핏 본 인상이 왠지 좋을 뿐 수어의 매력을 전달하는 사진이라기에는 미묘했다.

내가 수어에서 대단히 매력적이라고 생각하는 것은 온몸을 사용해서 자아내는 강력하고 우아하며 아름다운 움직임이다. 그것은 자연현상처럼 밝고 평온하고 생생하면서도 자연 그대로의 인간상을 떠올리게 하는 폭풍 같은 격렬함을 내포하고 있다.

초등학교, 중학교 시절 수어에 편견을 품고 무시했던 내가, 한 번 보자마자 '아, 좋다.'라며 마음을 빼앗겼던 것을 사진으로 찍고 싶었다.

그렇게 아름다운 사진을 찍길 바라자 일회용 카메라로 찍은 사진은 엉성하고 보잘것없어 보였다. 그리고 어딘지 답답했다. 웅변 같은 수어에 빠져들었을 때 느끼는 평온하면서도 생기 넘치는 시간이 사진에는 없었다.

이제 와 돌이켜보면 플래시를 터뜨리고 찍어서 셔터 속도가 너무 빠른 탓에 수어의 여운이 남지 않았던 것 같다.

'전혀 내가 보는 것처럼 안 찍히네. 왜 안 찍힐까. 좀더 생각하면서 찍어야 하나. 나도 인정할 수 있는 수어 사진을 찍고 싶은데.'

이런 생각을 하게 된 뒤로는 아르바이트로 버는 쥐꼬리만

한 돈을 사진 인화에 썼고, 사진을 좀더 의식적으로 찍기 시작했다.

'사진'을 계속 찍으면, 언젠가는 '내 눈에 보이는 손으로 말하는 사람이 찍힐 것'이라고 믿으면서.

그것이 사진의 길로 내딛은 첫걸음이었다.

'설정을 카메라에 맡겨서 제대로 안 찍히나. 프로가 쓰는 것 같은 커다란 일안 리플렉스 카메라˚로 찍으면 되려나.' 이렇게 생각해서 고등부를 졸업하고 같은 농학교의 전공과로 진학할 때, 대형 카메라 매장에서 가장 저렴했던 시그마SIGMA 'SA-7'을 샀다. 셔터 속도와 조리개 같은 카메라의 기능은커녕 어떤 카메라 메이커가 있는지 렌즈를 교환할 수 있는지도 전혀 모른 채.

조리개 우선 모드에 의존하긴 했지만, 일본 이곳저곳을 여행하면서 그 카메라로 꽤 많은 사진을 찍었다. 스냅 사진이나 인물 초상 사진은 그런대로 볼만하게 찍을 수 있었지만, 가장 중요한 '손으로 말하는 사람'은 여전히 마음에 드는 사진을 찍지 못했다.

˚ 렌즈가 한 개 달려서 촬영 렌즈가 파인더를 겸하는 카메라를 가리킨다. 파인더로 보는 것과 실제 찍히는 상이 같다는 장점이 있다.

샤쿠지이농학교를 졸업한 뒤에는 2년 동안 샐러리맨으로 일을 했다. 그때 니콘Nikon 'FM3A'를 입수했다. 일하면서 모은 돈으로 오사카에 있는 사진전문학교에 다니기 시작했다. 그때 구한 사진기는 니콘 'D80', 파나소닉Panasonic 'DMC-LX2'였다.

학교에서 필요하다고 해서 산 디지털 일안 리플렉스 카메라보다 콤팩트 디지털 카메라만 사용했다. 자유롭게 설정이 가능한 소형 디지털 카메라는 반응도 좋고 다양한 화각에서 빨리 촬영할 수 있는 덕에 배울 점이 많아서 좋아했다.

사진전문학교에서는 4×5인치 필름의 대형 카메라부터 중판 카메라까지 다양한 카메라를 다루면서 기술과 기계의 사용법을 조금씩 배웠다. 좋은 카메라를 쓰고 기술을 익히면 머지않아 내가 바라는 대로 '손으로 말하는 사람'을 찍을 수 있으리라고 생각했다. 하지만 전혀 되지 않았다.

'그저 셔터만 눌러서는 내가 보는 세계를 찍을 수 없다.'

지극히 당연하다고 할 수 있는 그 사실에 나는 몇 년 동안 철저하게 박살 났다.

○　○　○

　전문학교를 중퇴하고 도쿄로 돌아온 뒤, 다시금 수어와 마주했다.

　그때껏 나는 '수어'라는 글자의 뜻 '손으로 말하는 언어'에 사로잡혀서 손을 위주로 사진을 찍었다.

　그렇지만 수어로 대화할 때 '손'에서 얻을 수 있는 정보는 생각보다 적다. 손의 표현만 보면 같은 동작인데 의미가 다른 것이 많이 있다. 예컨대 '춥다'와 '무섭다'를 수어로 하면 손동작이 똑같기 때문에 손만 봐서는 상대방이 무슨 말을 하는지 알 수 없다.

　같은 손동작에 제각각 다른 의미를 부여하는 것은 '눈썹과 입의 움직임', '시선', '고개의 끄덕임', '고개를 젓는 방식', '얼굴의 방향' 등 얼굴과 몸으로 표현하는 '비수지非手指 기호'다. 누가 봐도 추운 듯한 표정으로 잔뜩 움츠린 채 양팔을 떨면 '춥다'는 수어가 되고, 겁나는 듯이 눈을 내리뜨고는 주위를 두리번거리며 양팔을 떨면 '무섭다'는 수어가 된다.˙

˙　　한국수어에서는 '춥다'와 '무섭다'의 손동작이 서로 다르다. '춥다'는 일본수어와 동일하지만, 한국수어에서 '무섭다'의 손동작은 펼친 양손의 엄지손가락 끝을 몸 중앙의 위아래에 두고 손가락을 흔드는 것이다.

'수어'라고 쓰지만, 결코 '손'으로만 말하는 것이 아니었다.

'손의 표현'과 '얼굴과 몸의 표현', 이 두 가지가 어우러질 때 비로소 수어가 성립한다.

수어는 손뿐 아니라 말하는 사람의 표정과 몸의 흔들림, 나아가 말하는 사람을 둘러싼 공간까지 보는 언어였다.

자연이 들려주는 말을 듣고 찍는 풍경 사진처럼 그 사람의 손뿐 아니라 존재까지 듬뿍 녹여서 찍는 것. 그 방향이 내가 생각하는 '손으로 말하는 사람'의 상과 가까운 것 같았다.

수어를 찍고 싶다는 초기의 충동에 대해 이런저런 생각을 하다 보면, 몇몇 광경이 떠오른다.

첫 번째.

수어와 만나고 1년도 되지 않았을 때의 일이다. 일본수어(일본어와 다른 체계의 언어로, 눈썹, 입, 혀, 목, 턱 등 표정까지 이용해 표현한다.)*를 모어로 하는 중년 농인이 이야기하는 모습을 볼 기회가 있었다.

그는 손, 표정, 공간을 교묘히 활용하면서 자연현상을 영상처럼 표현해냈다. 그가 들려주는 이야기는 낭창낭창하고 아름

* 한국어와 한국수어 역시 서로 체계가 다른 언어다. '한국수화언어법' 제1조에서는 "한국수화언어가 국어와 동등한 고유의 언어임을 밝히고" 있다.

다우며 환상적이었다.

한 마리 새의 날갯짓부터 비, 번개, 폭풍, 폭풍우, 그리고 맑아지는 하늘, 산들바람, 구름 사이로 비치는 햇빛, 사계절의 변화….

그것은 커뮤니케이션을 위해서가 아니라 표현으로서 존재하는 수어였다.

처음에는 열심히 읽어내려 했지만, 졸졸졸 흐르는 시냇물처럼 수어는 멈춰 있는 법이 없었다. 점점 의미를 이해하는 속도가 이야기보다 뒤처져서 어느 시점부터는 수어와 의미의 연결이 끊겼다. 이야기의 내용은 전혀 알 수 없었다.

그렇지만 표정을 비롯해 영상처럼 재연하는 손의 표현 덕에 '모르는데, 알겠다.' 하는 불가사의한 느낌이 들었다. 그대로 그 움직임에 푹 빠져들 수 있었다.

말이 약동하는 그것은 마치 무용 같았다. 몸 하나로 존재의 원초를 감싸는 것들을 표현하고 있었다. 하지만 무용인 동시에 어딘가에는 역시 수어라는 말로 이해할 구석도 있었다. 말과 무용 사이에 경계가 사라지는 신기한 일에 깜짝 놀랐다.

그 감각을 재현하고 싶었다.

이것이 수어를 찍고 싶다고 바란 이유 중 하나다.

그렇지만 다른 한편으로 수어는 훌륭한 언어이기도 하다.

몸짓, 손짓, 제스처, 댄스, 무용과 좀 닮았다고 해도 결코 동일시할 수는 없었다. '표현'과 '언어'는 엄연히 다른 것이며, 섣불리 혼동했다가는 외려 수어를 몸짓과 손짓으로 이뤄진 모자란 언어라고 깎아내리는 결과를 초래할 수도 있다. 그런 위험성을 감안하면서도 말하자면, 내가 수어에 매료된 것은 말과 무용의 불분명한 경계를 보았기 때문이었다.

　두 번째.
　"안녕."이라는 인사가 그랬듯이, 자기소개를 하는 사람이 표현하는 '이름'도 내가 특별히 좋아하는 수어였다.
　처음 만난 사람과 자기소개를 주고받을 때, 지금까지 몇백, 몇천 번은 반복했을 고유한 손의 흐름이 이름을 자아낸다.
　예컨대 농학교에서 선생님과 친구가 부르는 '이름'과 스스로 말하는 자신의 '이름'은 손의 움직임에 명백한 차이가 있다. 똑같이 '사토'라고 해도 말하는 사람의 손놀림, 얼굴, 리듬, 성격에 따라 달라진다. 사람에 따라 생겨나는 그 차이.
　어느 쪽이 잘하고 못하는 것은 아니다. 수없이 반복하여 자신의 몸에 완전히 녹아든 움직임으로 표현하는 자신의 이름. 자신의 이름을 말하는 흐름은 누구와도 비슷하지 않고, 누구도 재연할 수 없다.

그 사람의 존재가 있기에 비로소 말할 수 있는 둘도 없는 말, 그것이 이름이었다.

'이름'이 낳는, 그 사람밖에 할 수 없는 무용.

세 번째.

그 친구와는 신주쿠역 남쪽 출구의 개찰기 앞에 있는 꽃집에서 종종 만났다. 주로 술 약속이었기 때문에 만나는 시간은 대부분 저녁 이후였다.

퇴근하는 사람들로 가득한 혼잡한 길을 헤치면서 약속 장소로 향한다. 오가는 사람들 사이로 친구가 언뜻언뜻 보인다. 5미터 정도 떨어져 있는 친구를 향해 손을 흔든다. 인파에 묻히지 않도록 크게 손을 흔든다. 나를 눈치챈 친구가 "야!" 하며 손을 올리고 우리는 곧장 수어로 대화하기 시작한다.

"늦었어! 간신히 왔어." "여전히 사람 많네." "오늘은 어디서 마실까?" "오늘은 영화가 보고 싶은데." 이런 식의 대수롭지 않은 대화.

오가는 사람들의 직선적인 움직임과 비교하면 수어의 움직임은 둥근 공 같아서 무척 눈에 띈다. 수어를 보려고 의식하면 그 순간 북적대는 통로가 사라지고 친구라는 존재로 온 신경이 수렴된다.

이 세계에 있는 만물이 지니고 있는 존재감. 그것이 수어에 의해 더욱 무게감 있게 나타나 눈에 들어온다.

수어를 듣는 동안, 풍부한 시각 정보 덕에 눈이 즐겁다.

설령 이야기를 알아듣지 못해도 눈이 즐거워서 한참을 바라 볼 수 있는, 이 느낌.

바로 이 '눈의 즐거움'을 사진에 담을 수 있다면.

이 생각이 '손으로 말하는 사람을 찍고 싶다'는 내 바람의 시작이었다.

○ ○ ○

이런 생각과 함께 하나의 세계관을 마음속으로 그리면서 카메라 기술을 기초부터 다시 익히기 시작했다.

노출계를 쓰는 법, ND 필터, 릴리스, 슬로 셔터, 렌즈별 조리개 차이, 촬영 장소 물색, 삼각대에 카메라를 고정하고, 수평을 맞추고, 피사체에 촬영 구상을 전하고, 자연스러울 때 스냅 사진을 찍고… 등등.

정말로 기초 중에 기초라 사진전문학교에서 얼추 배웠던 것들이었지만, 나만의 세계관을 갖게 된 다음에는 갈증이 심한 목구멍으로 흘려넣은 물처럼 전과 전혀 다르게 흡수되었다.

특히 중판 필름을 쓰는 '펜탁스67PENTAX67'로 메인 카메라를 바꾼 것이 큰 영향을 미쳤다.

그 무렵에는 디지털 카메라의 성능이 좋아서 화질도 깨끗했고, 무엇보다 내가 납득할 때까지 다시 찍을 수 있다는 장점이 매력적이었다. 하지만 최종적으로는 지나치게 사진을 제어해버린다는 점이 마음에 걸려서 쓰지 않았다.

나는 '언어'와 '무용'이 융합하는 경계에서 아름다움을 보았기 때문에 수어에 매료되었다. 그 아름다움이 내가 이해할 수 없는 영역에 있었기 때문에 그토록 맑게 보였을 것이다. 내 이해를 뛰어넘는 아름다움을 촬영하는데, 결과물을 간단히 제어할 수 있는 디지털 카메라로 임할 수는 없었다.

펜탁스67을 쓰고 얼마 지나지 않았을 무렵, 또 하나 중요한 것을 깨달았다.

디지털 카메라의 경우 '찍은 사진을 모니터로 본다'는 행위가 추가된다. 좋은 사진이 찍혔는지 확인하기 위해서라지만, 수어로 말하는 사람과 마주할 때는 어울리지 않는 행위였다.

왜냐하면 농인에게는 '눈을 마주치지 않는다 / 눈이 맞지 않는다' 하는 행위가 '무시', '무언'이라는 의미를 내포하고 있기 때문이다.

나 자신의 체험을 돌이켜봐도 사진에 찍혔을 때 촬영자가 나를 보지도 않고 모니터를 확인하고 있으면, 그리고 확인하는 시간이 길어지면, 사진이 잘 찍혔나 확인하는 것이라고 머리로는 알면서도 언제까지 내버려두려는 걸까 하고 석연치 않았다.

아무래도 촬영 직후에 모니터를 보는 것에서는 불편함이 느껴졌다.

그렇다면 모니터를 보지 않으면 그만…이었지만, 당시 나는 생초보에서 벗어날락 말락 하는 수준이라 한 장 찍을 때마다 모니터로 확인하고 싶은 충동이 들었다. 촬영에 열중해서 좋은 사진을 원하는 마음이 지나친 나머지 모니터를 확인하는 시간이, 아니, 피사체를 '무시'하는 시간이 길어질 것이 쉽게 예상되었다. 그러나 필름 카메라는 모니터가 없으니 자연스레 눈앞의 사람을 더 오래 볼 수 있을 것 같았다.

'그래도 역시 디지털 카메라는 돈을 많이 아낄 수 있는데….' 이렇게 망설이던 무렵 우연히 텔레비전에서 사진작가 아라키 노부요시荒木 経惟의 다큐멘터리를 보았다. 일본어 자막이 없었기 때문에 아라키 씨가 촬영하는 모습에 집중했다. 싱글거리며 웃는 얼굴, 커다란 몸짓을 포함한 언동은 신체언어로 알기 쉬웠고 친근감이 느껴졌다.

그때 눈치챈 것은 아라키 씨가 항상 피사체를 보고 있다는 사실이었다. 카메라를 보면서 찍는다기보다는 '눈앞의 사람과 그에게 보내는 시선 사이에 카메라를 부드럽게 넣는다'고 할 만한 촬영법이었다. 카메라와 눈이 직접 연결된 듯이 생생해서 저렇게 찍고 싶다고 동경했다.

사소한 것일지 모르지만, 사진에 능숙하지 않은 만큼 더더욱 편리함에 기대기보다는 수어를 말하는 사람으로서 내 신체감각에 최대한 충실해야 한다고 생각했다.

신체감각에 집중한다는 점에서 보면 펜탁스67은 내게 최고의 파트너였다.

문제는 필름값을 감당하는 것뿐이었다….

당시에 아르바이트로 번 돈은 전부 필름값으로 사라졌지만, 전혀 고생스럽지는 않았다. 아르바이트를 하면서 다음에는 이렇게 저렇게 찍어보자고 시뮬레이션을 해보는 것도 재미있었다.

그때가 사진과 가장 친밀했던 청춘 시절이었던 것 같다.

농인이 말하는 수어는 역시 한 사람 한 사람마다 모두 달랐다. 한 사람 한 사람 다르면서도 모든 수어가 난만하고 현란했다. 공간을 풍성하게 채색하면서 손으로 말하는 사람을 내 몸에 익은 기술을 구사해서 카메라에 담아갔다.

누군가의 의견이나 정보에 휘둘리지 않고 내 속에서 싹 튼 '눈의 즐거움'을 실마리 삼아서 촬영한 그 사진들은 'MY NAME IS MINE내 이름은 나의 것'이라는 작품이 되었다.

스무 살이었다

샤쿠지이농학교에서 보낸 날들은 순식간에 지나갔다.

전공과 2학년 1학기의 종업식이 얼마 남지 않았던 무렵의 일이다. 그날은 오전에만 수업이 있어서 다른 학생들은 오후 1시가 지나자 모두 귀가했다. 나는 졸업앨범을 만들기 위해 아무도 없는 교실에서 사진을 들여다봤다.

졸업앨범이라고 해도 동급생은 다섯 명밖에 없었기 때문에 한 명씩 몇 페이지를 자유롭게 담당하는 식이었는데, 꽤 일거리가 있는 작업이었다. 그 일을 여름방학 전에 조금이라도 끝내두려고 학교에 남았다.

고등부 3년과 취업하기 위해 기술을 습득하는 전공과 2년, 합쳐서 5년 동안 농학교에 다녔다. 눈 깜짝할 사이에 지나간 5년이었다.

축제와 운동회 같은 학교 행사, 그리고 학교에서 보낸 일상을 찍은 사진을 모아보니 생각보다 꽤 많았다. 모든 사진을 쌓으면 허리까지 닿는 사진의 탑이 됐다. 사진들을 한 장씩 보면서 앨범에 쓰고 싶은 것을 골라야 하는데, 사진마다 감회가 깊어서 도무지 진도가 나가지 않았다.

사진에 찍힌 친구들을 보면 정지해 있는 얼굴이, 손이, 손가락이, 그 사람 고유의 수화로 다시금 움직였다. 영상처럼 수화의 기억은 반복된다.

대화의 기억이 컬러풀하고 생생하게 내 속에 남아 있었다. 이토록 많은 사진을 찍은 것이, 아니, 이토록 많은 대화를 한 것이 마음속 깊이 와닿았다.

사진은 기억을 재생하기 위한 스위치였다. 그 사진들은 볼 때마다 기분 좋게 기억이 재생되는, 그래서 너덜너덜해지도록 수없이 본 것들이었다.

샤쿠지이농학교의 생활은 정말 즐거웠다. '만약 집 근처에 농학교가 없었다면.' 하는 생각만 해도 무섭다. 무엇을 하든 '빨리 끝나라.' 하고 바랐던 과거. 모든 일의 끝이 한시라도 앞당겨지길 바라던 그 마음은 머지않아 내 목숨을 끊는 선택으로 이어졌을 것이다. 그런 미래를 생생하게 상상할 수 있었다.

새삼스레 나는 목숨을 건진 것이라고 절실히 느꼈다.

농학교에 와서 만난 모두가 생명의 은인이었다. 그런 날들이 앞으로 몇 달밖에 안 남았다니, 좀처럼 믿기지 않아서 멍해지곤 했다.

사진 묶음 속에는 뭔지 모를 것도 많이 있었다. 얼마 남지 않은 필름을 빨리 현상하고 싶은 마음에 아무거나 대충 찍어서 소비한 것이다.

청소 도구가 들어 있는 사물함. 머리카락 등이 얽힌 커다란 먼지. 운동하는 후배의 등. 새까만 창문틀에 담긴 푸른 하늘. 동급생이 주워 온 커다란 고릴라 인형의 터진 부위. 칠판과 분필 가루. 학교 근처 편의점 앞에서 닭튀김을 한입 가득 넣은 친구. 교과서와 책상과 의자. 국숫집의 간판. 입을 삐죽 내밀고 있는 친구. 급식을 담은 오렌지색 식판. 햇빛이 들이치는 아무도 없는 복도. 도서실의 한쪽 구석.

현상한 직후에는 재미없는 사진이라고 생각해서 한쪽으로 빼두었지만, 아무도 없는 교실에서 다시 보니 의미가 없다고 생각한 사진일수록 말로 설명하기 힘든 감정이 느껴졌다.

우연히 남은 디테일은 위대한 일상의 한 토막이었다.

나도 모르게 교실을 둘러보았다. 날이 어두워져 있었다.

사진 선별을 계속했다. '이건 잘 찍혔네.' '이거는, 음… 필요 없겠다.' '잘 모르겠는데, 일단 남겨둘까.' '우아, 이건 창피해. 절대로 쓰면 안 돼.' 이렇게 구분해갔다.

풀과 가위 등 도구를 가지러 의자에서 일어나려던 순간이었다.

의자 위에 오랫동안 책상다리로 앉아 있었기 때문에 발이 찌르르 저렸다. 저린 것을 풀려고 다리를 붕붕 흔드는데, 그만 책상을 있는 힘껏 걷어차버렸다.

커다란 소리를 내면서 책상이 옆으로 넘어졌다.

간신히 분류한 사진이 바닥에 마구 흩어졌다. "어마나."라고 했던 것 같다. 아직 다리가 저려서 비틀거리며 풍비박산이 된 사진 더미를 내려다보고 망연자실했다. 조심스럽게 원래대로 돌려놓으려 해도 그럴 수 없을 만큼 뒤섞여버렸다.

갑자기 귀찮아졌다. 새 학기에 처음부터 다시 시작할까, 오늘은 그만하자… 이렇게 포기하고는 학교생활과 무관하다고 분류했던 사진까지 섞어서 치워두려고 했다.

어린 시절의 사진, 학교 밖에서 찍은 스냅 사진, 전국 각지를 오토바이로 여행하면서 찍은 사진, 집에서 기르던 개와 길에서 마주친 고양이 사진, 매일매일 찍은 하늘 사진 등 지니고 있던 모든 사진을 섞었다.

그렇게 사진을 마구잡이로 뒤섞는 와중에 고등학교 입학식 사진 옆에 반려견의 사진, 그 안쪽에 갓난아이인 여동생을 안고 있는 내 사진, 그 옆에 어제 찍은 스냅 사진 같은 식으로 시간 순서가 뒤죽박죽이 되는 것을 깨달았다. 왠지 잘 모르겠지만 '오오!' 하고 생각했다. 한동안 사진들을 내려다보았는데 불현듯 무언가 번뜩였다.

동급생들의 책상 네 개를 교실 벽으로 붙여놓고, 내 책상 주위를 에워싸듯이 사진들을 바닥에 한 장씩 깔아보았다. 교실의 3분의 1 가까이 차지하는 드넓은 사진의 바다가 펼쳐졌다. 의자에 올라서서 둘러보니 360도를 사진들이 빙 둘러싸서 장관이었다.

실내화를 벗고 사진의 바다를 걸어보았다. 사진들이 더욱 생생하게 다가왔다. 책상에 앉아서 한 장씩 볼 때와 느낌이 전혀 달랐다. 다시 즐거워져서 집에 돌아가지 않고 사진 선별을 계속했다.

사진의 바다를 어슬렁거리면서 새롭게 사진을 골랐다. 방금 전에 '좋다'고 골랐던 사진인데 '왜 이런 걸 골랐지?' 하는 생각이 들었다. 반대로 '필요 없다'고 빼놨던 사진이 전과 달리 반짝거리며 눈에 들어와 '어? 이거 좋은데?'라고 생각하기도 했다. 신기할 만큼 사진을 고르는 기준이 달라졌다.

한 장의 사진에 찍힌 것은 하나의 점이다. 동물도 식물도 동급생도 인간도 벌레도 하늘도 땅도 태양도, 위치나 시간과 관계없이 그저 한 장의 종이로 나란히 있다. 촬영한 시기도, 장소도, 찍힌 것도 모두 다르다.

본래 전혀 상관없을 점들이 내 의도를 뛰어넘어서 서로 연결된다. 그리고 연결이 연쇄된다. 조용한 동시에 소란스러운 사진이 또다시 다른 사진과 연결되려 한다. 얼핏 보면 닮은 구석이 없는 것들을 찍은 사진과 사진이 우연히 이웃하여 생각지 못하게 들어맞을 때, 내 속에 새로운 가치관이 생겨난다.

재미있었다. 졸업앨범은 뒷전으로 밀렸다.

내 의지가 끼어들 여지없이 사진끼리 멋대로 연결되려 하는 생기 넘치는 움직임은 알 수 없는 목소리의 존재를 예감하게 했다. 나는 사진의 웅성거림을 들었다.

○　○　○

학창 시절의 마지막 여름방학도 끝나고 2학기 개학일이 되었다. 그날은 내 생일이었다.

그날부터, 나는 더 이상 보청기를 끼지 않기로 했다.

보청기는 나에게 소리 그 자체였고 살아가기 위한 버팀목이었다. 보청기 없이는 살 수 없다고 생각했을 정도다. 그 저주 같은 속박을 샤쿠지이농학교에서 보낸 5년이 풀어주었다. 수어로 주고받은 수많은 대화가 기억의 두께를 두껍게 해주었다.

그토록 소중한 사람들이 찍힌 사진의 바다에 서서 느낀 그 웅성거림.

왼쪽으로 오른쪽으로, 위로 아래로 흔들려도 사진이 있다. 거기에 담긴 과거의 순간이 목소리를 높이고 있었다. 시간들은 조용히 멈췄지만, 그래도 다시금 이웃한 사진과 연결될 수 있었다. 나는 혼자서 살았던 것이 아니었다. 수많은 사람, 존재, 자연현상에 둘러싸여 살아왔다. 그런 사실을 더욱 있는 그대로 받아들이고 싶었다. 그러려면 먼저 나 자신의 몸으로 돌아가야 한다고 생각했다.

듣지 못하는 귀를 지닌 사람으로 다시 살겠다.

그렇게 결의하며 나는 보청기와 결별했다.

스무 살이었다.

고요가 울린다 。

　스무 살의 2월, 홋카이도에 갔다. 보청기를 빼고 반년 정도 지났던 때로 보청기를 아예 들고 가지 않은 첫 여행이었다.

　열아홉 살과 스무 살 무렵에는 소형 오토바이로 일본 일주를 하거나 야쿠시마의 산들과 시코쿠의 불교 순례길을 하염없이 걷는 등 아무튼 많은 곳을 걷고 싶다는 충동에 사로잡혀 있었다.

　홋카이도의 구시로역에서 전철로 한 시간 정도 걸리는 역에서 내렸다. 특별한 목적이 있지는 않았다. 어디든 상관없으니 눈 속을 걷고 싶었다.

　그저 눈밖에 없었다. 밭을 따라 이어지는 도로인 듯한 외길을 걸었다. 황혼이 가까워져 짙은 남색을 띠는 하늘에서 펑펑, 펑펑, 펑펑 무거운 눈이 내렸다.

내 나름 따뜻하게 껴입고 갔지만 설국의 매서운 추위를 너무 얕잡아 보고 있었다. 노출된 얼굴이 아플 만큼 추웠고 몸이 멋대로 부들부들 떨렸다.

그래도 걸었다. 몸을 데우려고 걸었던가? 아니면 그저 사진 찍기 좋은 장소를 찾아 걸었었나? 아무튼 눈 속에 깊이 잠긴 장화를 쑥쑥 뽑아내면서 걸어갔다.

하얀 숨이 입에서 새어나갔다. 두껍게 쌓인 눈 위를 걷다 보니 예상 이상으로 체력이 소모되었다. 크게 토해낸 숨은 입에서 나가자마자 짙고 하얗게 부풀었다가 사라졌다. 그리고 코와 기도를 통해서 맑고 깨끗한 공기가 폐로 들어갔다.

조금씩 걷는 와중에 머릿속에서 쓸데없는 잡념이 사라져갔다. 내 발에 밟히는 눈의 감촉만이 보드득보드득 전해졌다. 하염없이 눈 속을 걷는 게 기분 좋았다. 걸었다. 걸었다. 계속 걸었다. 아무것도 없는 설경을 영문도 모르는 채 잔뜩 촬영하며 걸었다.

밤이 장막을 내리자, 하늘의 어둠이 눈의 백색을 희미하게 만드는 모습이 환상적이었다. 추위도 더욱 매서워졌다. 그래도 두툼하게 쌓인 눈에서 발을 뽑으며 걸어야 했기에 온몸이 후끈후끈 달아올랐다. 뜨거운데 추웠다. 하지만 역시 뜨거웠다. 추웠다. '슬슬 역으로 돌아가지 않으면 무섭겠다. 그래도 한참 더 걸을 수 있는데.' 이런 생각을 할 때였다.

고요가 울었다.

날카롭고 가느다란 바늘 같은 쩅 하는 울림 뒤에 시야가 깨끗해졌다. 저 멀리 산맥의 윤곽, 하늘에서 내리는 눈송이 하나하나, 장갑의 섬유 한 올 한 올, 토해내는 숨의 하얀 덩어리… 눈에 보이는 모든 것들의 질감이 선명했다.

방금 전까지 당연히 거기 있다고 여겼던 것들이 마치 난생처음 만난 것들처럼 보였다.

무척 그리운 감각이었다.

설마 홋카이도의 아무것도 없는 설경 속에서 고요의 울림을 들을 줄은 상상도 못 했다. 예기치 못한 일에 그대로 멈춰서고 말았다.

○ ○ ○

아침, 눈을 뜨면 머리맡에 둔 보청기를 귀에 끼운다. 전원을 켜면 소리가 한꺼번에 들이닥친다. 세계가 움직이기 시작한다. 나의 의지와 상관없이 보청기가 쉬지 않고 소리를 잡아서 뇌로 집어넣는다. 세계는 소리로 되어 있다.

텔레비전 뉴스. 자동차와 전철이 내는 소리. 리드미컬하게 귀를 찢는 음악. 보청기의 마이크에 바람이 닿아서 울리는 삐하는 소리. 수업 시작과 끝을 알리는 희미하고 무거운 종소리. 밀폐된 교실에서 북적거리는 잡음은 엄청 멀거나 굉장히 가까운 곳에서 들리는 것 같다.

내 목소리는 약간 시간차를 두고 잡음으로 들린다. 내가 낸 목소리라서 무슨 뜻인지 아는데도, 들을 때마다 '이건 뭐야?' 하는 당혹감을 느낀다. 내 목소리를 내 것이라고 여길 수 없다.

내 목소리라는 잡음, 타인의 입에서 나오는 잡음, 그리고 주위의 소리가 소용돌이치면서 귀로 밀려든다. 울려 퍼지는 잡음 폭풍에 귀와 직감을 집중해서 나에게 필요한 소리를 골라낸다.

이것이 보청기를 통해서 하는 '듣기'였다.

당시에는 그렇게 듣는 게 당연한 줄 알았다. 하지만 보청기와 멀어지고 10년 이상 지난 지금 돌이켜보면 그저 '듣기' 위해 모든 신경을 소모하는 행위일 뿐이었다. 그렇게 해서 간신히 알아들은 이야기의 내용은 기본적인 인사 정도에 머물렀다.

결국 정말 알아야 하는 중요한 내용은 필담이나 인쇄물의 글씨를 보고 알았다. 무엇을 위한 '듣기'일까. 그와 같은 노력과 결과의 불균형 속에서 소리는 흉기가 되었다. 모든 소리는 마음을 도려내는 칼날이었다.

잠들기 전에 보청기의 전원을 끈다. 그 순간 보청기를 거쳐 들리던 소리가 일단 끊긴다. 귀에서 뺀 보청기를 머리맡에 두고 눈을 감는다.

그래도 여전히 '시끄럽다'.

하루 종일 들었던 잡음이 이명으로 남아 머릿속을 울린다. 귀를 막아도 잡음은 크게 울려 퍼진다. 폭력적으로 밀려오는 그것은 전깃불도 꺼져 새까만 어둠 속에서 더욱 날카롭게 뇌를 찔렀다.

치지지지직. 치지지지직. 치지지지직. 치지지지직. 치지지지직. 치지지지직. 치지지지직. 치지지지직. 치지지지직. 치지지지직. 치지지지직. 치지지지직. 치지지지직. 치지지지직. 치지지지직. 치지지지직. 치지지지직. 치지지지직. 치지지지직.

귓속에서 울리는 소리를 의식해버리면 머리가 이상해질 것만 같다. 하지만 어쩔 수가 없었다. 보청기를 쓰며 청인 사회에서 살아가는 이상 평생 함께해야 하는 것이라고 생각하며, 나는 체념했다.

밤낮을 가리지 않고 들어야 하는 잡음 때문에 늘 우울했다.

o o o

　그 바다는 어디였더라. 둘째 여동생이 아직 많이 어렸으니
내가 초등학교 3, 4학년 때 있었던 일 같다. 당시 아버지는 바
를 운영하느라 낮에는 자고 밤에 정신없이 일을 했는데, 그날
웬일로 쉴 수 있었는지 바다로 놀러 갔다. 내가 기억하는 첫
번째 가족여행이었다.

　그 바닷가는 울퉁불퉁한 바위들이 넓게 퍼진 곳이었다. 바
다는 물속이 보일 만큼 투명했다. 작은 물고기 무리가 헤엄치
는 게 보였다. 햇빛을 반사하며 빛나는 수면.

　머리 위에 떠 있는 태양은 쨍쨍 빛을 내며 등을 태웠다. 아
버지는 바닷가에 꽂아둔 파라솔 아래에서 그림을 그리며 캔
맥주를 마셨다. 어머니는 그 옆에서 아직 어린 둘째 여동생을
달랬다. 나는 첫째 여동생과 함께 스노클을 끼고 물고기들을
계속 쫓아다녔다.

　해수욕을 할 거라서 보청기는 숙소에 두고 나갔다. 그날이
특히 기억에 남은 이유는 "매일 껴야 해."라고 엄하게 말하던
부모님이 드물게 보청기를 빼도 된다고 허락해주었기 때문인
것 같다. 귀가 막히지 않아 시원했다. 여름방학으로 신이 난
기분이 더해져 귀에서 상쾌한 해방감이 느껴졌다. 처음에는

조금 무섭기도 했지만, 여러 번 잠수하다 보니 그런 염려는 녹아 없어졌다.

휴식도 하는 둥 마는 둥 한두 시간씩 내리 물놀이를 한 뒤 물이 얕은 곳으로 올라왔을 때였다.

무언가 소리가 들렸다.

그때까지 들은 적 없는, 높은, 높은 소리였다.

당장이라도 사그라질 만큼 가늘디가는 높은 소리.

무슨 소리일까 생각하며 무의식중에 보청기를 조정하려고 손을 귀로 가져갔는데, 헐벗은 귀가 손가락에 닿았다. 보청기가 없는데, 소리가 들렸다.

물가에 서서 주위를 둘러보자 바다가 전과 다르게 보였다. 모든 것의 질감이 선명하게 눈에 들어왔다. 발바닥에 닿는 거친 바위의 날카로운 모서리도, 피부에 더욱 뾰족하고 예리하게 느껴졌다. 바닷물에선 썩는 냄새도 태양의 냄새도 느껴졌다. 입술을 핥으면 바닷물의 짠맛이 더욱 진해져 찌르르 혀가 떨렸다. 하늘의 파랑도 우주와 이어지는 색으로 더욱 깊이 있게 보였다.

바로 옆에서 누군가가 무언가를 말하고 있었다. 여동생이었을 것이다. 하지만 여동생 같지 않았다. 도대체 누굴까 수상쩍게 생각할수록 미지의 존재로 보였다.

무슨 영문인지 모른 채 바닷속으로 들어가자 액체가 피부를 감쌌다. 방금 전까지 실컷 놀았던 바다였는데 전혀 다른 곳 같았다. 미지의 액체는 굉장히 친숙하게 몸을 착 휘감았다.

이것도 저것도 전부 새로웠다. 그 새로움에 푹 빠져 있는데, 불현듯 보청기를 빼면 늘 들리던 "치지지지직." 하는 이명이 끊긴 것을 깨달았다.

단순하게 소리가 끊긴 상태보다 훨씬 순도 높은 고요였다.

기분 좋았다. 과장 하나 없이 기분 좋았다.

깊은 고요가 눈앞의 광경에 깊이를 더해주었다.

숙소에 돌아가 보청기를 끼고 만화를 보거나 잡담을 하는 사이에 잡음이 돌아왔다. 하지만 그날 밤은 이명을 신경 쓸 겨를도 없이 순식간에 잠들었다. 실컷 놀아서 피곤했다지만, 역시 드문 일이었다.

○　○　○

그날 이후로 깊은 정적을 잊을 수 없었다. 그 정적을 한 번 더 느끼고 싶어서 그 전까지 하루 종일 끼고 있어야 한다고 절대적으로 믿었던 보청기를 가끔씩 끄곤 했다.

화장실에 들어간 동안, 밥을 먹는 동안, 책과 게임에 집중한 동안, 음악 수업을 하는 동안, 통학하는 동안… 이런 시간에 침묵을 조금씩 흘려 넣었다. 그 침묵의 시간은 초등학교 고학년부터 중학교 3학년까지 몇 분에서 몇십 분, 그리고 몇 시간으로 조금씩 길어졌다.

고요는 항상 예상치 못한 순간 울렸다. 그때마다 세계가 깨끗하게 보였다. 고요의 울림이 들리면 나는 숨 막히는 음성의 세계에서 숨 쉴 수 있었다.

'폭력적으로 들이닥치는 음성에 대한 소소한 반역이었구나.' 당시의 나를 지금은 이렇게 생각한다.

농학교에 입학한 뒤로는 수어를 익히느라 바빴고 아르바이트에 운동부에 놀이로 생활이 가득 차서 항상 녹초가 되었기 때문에 잡음을 고민할 일이 거의 없었다. 학년이 올라가며 보청기를 쓰는 빈도가 줄어들었고 스무 살 생일에는 아예 보청기와 갈라섰다. 농학교에서 보낸 5년 동안 고요의 울림을 들은 적은 없었다.

설경에서 들은 고요의 울림은 정말 오랜만이었다. 게다가 그때까지 들었던 것 중에 가장 격렬하게 울렸다.

5년 만이었다는 점. 한참 걸어서 지쳤다는 점. 어둑어둑해졌다는 점. 아무도 만나지 못했다는 점. 펑펑 눈이 내리는 풍경에서는 애초에 아무 소리도 떠오르지 않는다는 점…. 이런 몇 가지 이유가 어우러졌기 때문일까.

눈에 들어오는 모든 것이 슬로 모션 같았다. 쉬지 않고 내리는 눈송이 하나하나가 빛나는 듯이 선명하게 보였다.

그때, 눈은 내리고 쌓이는 단순한 자연현상이 아니었다.

눈송이 하나하나가 각각 하나의 개체로서 존재하고 있었다. 그렇게 보인 순간, 눈앞에 펼쳐진 것은 무한한 이야기였다.

목소리가 내린다. 계속 내린다.

펑펑 목소리가 내린다. 목소리가 끝없이 내린다.

그 목소리는 꼿꼿하고 팽팽해서 세속의 소리를 떠올리지 않게 했다.

딱 하나가, 이만큼이나, 있다.

그래도 거기에는, 역시, 딱 하나밖에, 없다.

고개를 들어 하늘을 올려다보았다. 먹구름에서 쉬지 않고 내리는 목소리들은 매사를 속속들이 파헤치겠다는 듯이 공격적으로 '보는' 자세로는 도저히 한눈에 담을 수 없는 것이었다. 그저 받아들이는 수밖에 없었다.

목소리를 뒤집어쓴다. 하늘에서 내리는 모든 소리를, 무한히 존재하는 하나하나를 그대로 뒤집어쓴다.

잡아먹을 듯이 노려보면서 총을 쏘듯 찍는 것만이 사진이 아니었다.

손바닥으로 물을 길어 올리듯이 뒤집어쓰고 받아들이며 사진을 찍을 수도 있었다.

목소리가 쏟아지는 광경의 깊은 곳에는 먹구름이, 밤의 장막이, 청정한 공기가, 그리고 우주와 이어지는 하늘이 있었다. 올려다본 밤하늘과 끊임없이 내리는 차가운 눈을 피부로 체감한 순간, 나를 고독으로 몰아넣기만 하던 지긋지긋한 침묵의 인상이 완전히 뒤집혔다.

말이 없는 침묵 속에서만 태어나는 목소리가 있다. 그 목소리는 귀가 들리건 들리지 않건, 표면적인 차원에서는 들을 수 없는 것이었다.

추위에 곱은 손으로 움켜쥔 카메라의 질감에 기대어 나는 어떤 직감을 느꼈다.

나는 이 눈송이들을 '목소리'로서 보고, 들었다.

귀가 들리지 않는 사람이란 행동이나 자연현상처럼 말이 없는 침묵 속에서 번뜩인 무언가를 '목소리'로 들을 수 있는 존재가 아닐까. 그런 능력이 내게도 이미 있는 것 아닐까. 사진이 그 능력을 한층 키워주지 않을까.

사방을 뒤덮은 눈 속에서 번뜩인 직감은 희망이라 해도 지나치지 않을 만큼 강한 빛이었다.

　지금도 여전히 빛나고 있다.

2

악의에 찬 말

。

도대체 왜 그런 말을 들었어야 했는지, 모르겠다.

샐러드와 튀김 재료를 손질하고 있는데 누군가 갑자기 어깨를 꽉 쥐었다. 뒤를 돌아보니 조리장이 심술궂은 표정으로 내뱉었다.

"귀 머 거 리 는 쓸 데 없 는 짓 하 지 마."

그는 한 글자씩, 천천히, 커다랗게 입을 벌리며 그렇게 말하고는 내가 손질한 재료를 쓰레기통에 처넣었다.

○ ○ ○

스물두 살, 나는 오사카의 사진전문학교를 다니고 있었다.

샤쿠지이농학교를 졸업하고 2년 동안 월급쟁이로 일하며

돈을 모아서 오사카로 이사했다. 왜 오사카였느냐, 별다른 이유는 없었다. 사진을 찍는 건 어디서든 할 수 있으니, 심기일전도 할 겸 예전부터 동경했던 오사카에서 살아보자는 마음이었다.

당시는 부모님이 이혼한 직후로 나는 어머니와 살았다. 장사가 잘되지 않던 바를 폐업한 아버지에게는 빚이 많았는데, 상환을 위해 돈을 구하느라 고생하는 부모님을 보았기에 학비를 부탁할 수는 없었다. 250만 엔 정도 모았던 돈은 대부분 사진전문학교 입학금과 기자재 구입비, 이사비로 썼다.

오사카로 옮기고 난 뒤 가장 먼저 한 일은 사진 촬영이 아니라 아르바이트 구직이었다. 그 전까지는 전화를 걸어야 한다는 높은 장애물이 있어서 아르바이트에 지원하는 것 자체가 큰일이었지만, 인터넷 덕에 통화할 필요가 없어진 게 도움이 되었다. 그럼에도 수백 곳에 지원해서 면접까지 다다른 것은 겨우 몇 곳뿐이었고, 나아가 면접에서 필담에 응해주는 사람과 만날 확률은 더욱 낮았다.

처음에는 시급이 높은 곳부터 지원했지만 그런 곳은 접객과 관련한 일이 많았다. "여기서는 조금….""듣지 못하면 여기서는 일 못 해요.""주문은 받을 수 있어요? 안 돼요? 평범한 대화도 못 하고? 그럼 안 되겠네요." 이렇게 못마땅해하는 답만 돌아올 뿐 긍정적인 반응은 전혀 없었다. 점점 시간이 흘러갔다. 더 이상 일을 고를 때가 아니라고 마음을 바꾸고는 대화할 필요가 없을 듯한 일자리로 조건을 좁혀서 닥치는 대로 지원했다.

사진학교를 다니고 한 달 정도 지났을 무렵, 간신히 아르바이트를 구했다.

어느 동네를 가도 반드시 보이는 유명 프랜차이즈 꼬치구잇집이었다. 해야 하는 일은 아르바이트 검색 조건에 설정해둔 대로 설거지와 주방 보조였다.

그곳에서 내 상사였던 조리장은 40대쯤 된 남성으로 동작하나하나에서 지치고 권태로운 분위기를 풍기는 사람이었다. 얘기할 때도 귀찮다는 듯이 입가를 일그러뜨리며 소곤소곤 말했다. 눈도 제대로 마주쳐주지 않았다.

스무 살에 보청기를 더 이상 쓰지 않겠다고 결의했기 때문에 소통을 하려면 입술을 읽어야 했는데, 조리장의 입술은 도저히 읽을 수 없었다. 안 그래도 중년 남성은 표정이 적고 중얼중얼 말하는 사람이 많아서 입술을 읽어내기 어려웠는데, 조리장은 그 수준이 달랐다. 정말 목소리가 나오는 걸까 의심스러울 만큼 입술을 움찔움찔 움직였다.

필담을 해주었으면 해서 필기도구를 내밀었지만, 처음에

"잘 부탁해."라고 휘갈긴 뒤로는 두 번 다시 써주지 않았다.

잘못 걸렸다고 생각했다.

나를 면접한 점장은 필담에도 흔쾌히 응해주었고 일할 때 필요한 조건도 적극적으로 물어봐주는 등 인상이 좋았기 때문에 조리장을 만나고 더욱더 낙담했다. 그래도 500곳 이상 지원하고 수십 번 면접을 본 끝에 겨우 찾은 아르바이트였기 때문에 아무리 힘들어도 참자고 마음먹었다.

○ ○ ○

조리장은 늘 미간을 잔뜩 찌푸리며 짜증을 냈다.

일의 순서를 한꺼번에 빨리 말해서 전혀 이해할 수 없었다. 필담을 해보려 해도 그럴 시간이 없다며 내가 내민 펜을 쳐다보지도 않았다.

재료 다듬기나 밑간하기 등 사전 준비 자체는 확실히 단순 작업이라 어깨너머로 배워서 어떻게든 할 수 있었다. 알기 어려운 점이 있었지만 일단 손으로 쓴 레시피가 있었다. 문제는 그렇게 해도 알 수 없는 부분이 있다는 것이었다. 다시 배우려고 조리장에게 물어보면 지긋지긋하다는 듯이 얼굴을 찡그리며 건성건성 작업을 했다. 그러면서 "보고 배워." 같은 말을 아마도, 했다. 그리고 조리장은 다른 직원들과 이야기를 나누면서 내가 일하는 걸 보고 비웃었다.

도대체 어디부터 무엇을 모르는지 나도 몰랐다. '제대로 일하고 싶어.' 하며 초조해했지만, 노골적으로 불쾌해하는 조리장에게 내 발로 몇 번씩 물으러 가는 것도 고역이었다.

일주일 정도 지나자 조리장은 내게 거의 일을 시키지 않았다. 이따금씩 무언가 시키면 조리장이 가리키는 물건이나 보충할 것이 쓰인 목록을 확인하면서 상황을 파악하고 일의 내용을 추측하며 해냈다.

초등학교 때와 같다고 생각했다.

'샤쿠지이농학교 덕에 나는 변했다.'라고 생각했지만 다시금 청인 사회에 들어가니 음악에 위축되어 아무것도 하지 못했던 시절로 돌아가버렸다. 월급쟁이 생활을 할 때도 느낌은 비슷했지만 그때는 애초에 '돈을 모을 때까지만.'이라는 목표가 있었기에 견딜 수 있었다.

'뭐야, 다시 이런 생활이 시작되는 거야?' 이렇게 상상하자 가슴이 조여지는 듯했다. 하지만 생계가 걸려 있었다. 근무표에 따라 한 달 내내 일하면 15만 엔을 받을 수 있었다. 1만 엔 지폐 열다섯 장을 펼쳐놓은 장면을 상상하면서 마음을 다잡고 아르바이트를 다녔다.

○　○　○

아르바이트 2주 차에 접어들던 무렵, 그 일이 터졌다.

나는 흠뻑 젖은 더러운 부엌 바닥과 플라스틱 쓰레기통에 내버려진 채소와 닭고기를 망연자실하게 내려다보았다. 보충 목록에 쓰여 있는 재료를 채워 넣으려고 했던 것인데 뭐가 잘못되었는지도 알 수 없었다.

'귀머거리'라는 차별적인 말을 들은 건 그때가 처음이었다. 인터넷이나 책에서 보았던 말이 실제로 내게 퍼부어지자, 슬프기보다는 왜 그런 말을 들어야 하는지 전혀 영문을 알 수 없어서 그저 놀랄 뿐이었다.

그보다 의외였던 것은 그간 빨리 말하는 바람에 하나도 알아듣지 못했던 조리장의 말이 무척 잘 이해되었다는 것이다. 입을 크게 벌리며 천천히 끊어서 전하는 조리장의 말을 일언일구 바르게 읽어낼 수 있었다.

내가 입술을 읽기에 가장 적절하고 정확한 빠르기, 그리고 입 모양이었다.

조리장의 입장에서 생각해보면, 험한 말을 아무리 큰 소리로 말해도 전혀 알아듣지 못하고 태연하게 있는 내가 아마 마음에 들지 않았을 것이다. 조리장이 내 뒤에서 무언가 빠르게 말하는 것을 곁눈으로 몇 번 보았기 때문에 웬만큼 짐작이 갔다.

'이 자식이 제대로 알아듣게 욕을 퍼붓고 싶다.'

이렇게 생각했기에 조리장은 입을 무척 읽기 쉽도록 벌린 것이다.

지금 돌이켜보면, 나는 그때 '이 자식이!'라며 화를 냈어야 했다. '처음부터 그렇게 말을 하라고, 망할 자식아!' 하며 달려들었어도 괜찮았다. 그 정도로 나는 모욕을 당했다. 차별을 당했다.

그럼에도 불구하고.

내게 쏟아진 악의에 화내거나 슬퍼하기보다 제대로 이해하지 못했던 조리장의 말을 처음으로 알아들은 것에 나는 '기쁨'을 느끼고 말았다. 분하게도 그 기쁨은 따뜻하기까지 했다. 피를 차갑게 식히는 새카만 증오와 온기가 감도는 기쁨이 무질서하게 뒤섞였다. 그 불쾌한 감정에 당황하면서 가만히 서 있었다.

그 뒤로 며칠 뒤 더 이상 견디기 어려워져서 도망치듯 아르바이트를 그만두었다. 조리장은 마지막까지 나와 눈을 마주치지 않으려고 했다.

다행히 금세 다른 아르바이트를 구했다. 이번에도 꼬치구잇집에 맡은 일도 비슷했는데, 개인 식당 같은 곳이었고 점장의 성품이 훌륭한 데다 직원들도 모두 무척 좋은 사람이었다. 사진전문학교를 중퇴할 때까지 1년 반 동안 그곳에서 계속 일했다.

o o o

초등학교 저학년 때, 나를 괴롭히는 남자아이가 있었다. 등하굣길에 마주치면 일부러 내 앞으로 와서는 입을 천천히 움직이며 "없 어 져." "멍 청 이." "저 리 가." 같은 말을 했다. 그러고는 손으로 내 머리를 흔들고 후다닥 도망갔다.

같은 학년은 아니었던 것 같은데, 얼굴을 제대로 보고 싶지도 않았기 때문에 정확히는 모른다. 기억나는 것은 흔들거리면서 멀어지는 검정 책가방뿐.

중학교 때는 쉬는 시간이 되면 보청기를 끄고 책을 읽었다. 보청기를 끼고 수업을 듣고 나면 무척 피곤했기 때문이다.

어느 날 쉬는 시간, 문득 뒤를 돌아보았는데 한 여자아이가 고개를 홱 돌렸다. 옆에 있던 그 아이의 친구가 키득거리며 웃었다. 영문을 모르는 채 다시 책으로 고개를 돌렸다. 조금 지나서 주위가 떠들썩한 것을 눈치챘다. 모두의 시선이 뒤에 있는 여자아이 쪽으로 쏠렸기에 나도 그 방향을 보자 다시 여자아이가 고개를 홱 돌렸다.

그 순간, 입을 뻥긋뻥긋 벌리는 모습이 보였다.

추측에 지나지 않지만, 굉장히 큰 소리를 내도 내가 듣지 못하는 것이 재미있었던 것 같다. 주위에서는 아무 말도 하지 않았다. 나 역시 묻고 싶지도 않았다. 신경 쓰면 지는 거라고 생각하면서 아무렇지 않은 척을 하고 전혀 읽히지 않는 책에 시선을 떨구었다.

고등학교 1학년 때, 한 살 어린 중학생 친구와 함께 신주쿠역에서 영화를 봤다. 집으로 돌아가던 길에 술에 취한 회사원들이 시비를 걸었다. 그들은 갑자기 우리를 에워쌌다. 열 명 정도였던가. 술 냄새가 지독했다. 만취했는지 혀가 잔뜩 꼬부라져서 입 모양으로는 아무것도 읽을 수 없었다. 그들 중 한 명이 집게손가락을 자기 귀에 집어넣더니 흔들었다. 듣지 못하는 것을 조롱한다는 사실은 알 수 있었다.

무시하고 친구와 함께 그 자리를 벗어나려 했지만 회사원들은 우리를 따라오며 집요하게 조롱했다. 그리고 나와 친구의 머리를 붙잡더니 서로 부딪치게 했다. 머리에 쾅 충격이 느껴졌다. 뒤이어 얼굴을 맞았다.

왜? 왜 이래? 왜 이래! 대체 뭔데!

멱살을 잡힌 채 난투를 벌였다. 회사원들이 취한 탓에 힘은 내가 조금 앞섰다. 하지만 그들은 너무 많았다. 무아지경이었기에 세세한 건 기억 못 하지만 두 사람 정도 때려눕힌 다음에 친구가 보이지 않는 것을 알았다. 온몸에 소름이 돋아 주위를 뛰어서 찾아다녔다. 근처에 있던 어둑어둑한 뒷골목으로 들어가니 네다섯 명에게 둘러싸인 친구가 웅크리고 있는 게 보였다. 대체 무슨 일인지, 알 수 없었다. 우리가 무얼 했다는 말인가. 회사원들을 헤치고 한가운데로 들어갔다.

그때, 경찰관 두 명이 자전거를 타고 오는 게 보였다. 누군가 신고한 걸까. 우연히 지나치던 길일까. 어쨌든 '살았다!'라고 생각했다.

그렇지만 회사원들은 미리 짠 것처럼 경찰관에게 무언가 심각하게 이야기했다. 경찰관은 우리를 노려보더니 도망가지 못하게 등 뒤로 손목을 돌려 붙잡았다. "아냐! 나는, 아무것도, 안 했어. 이 자식들이, 갑자기 때렸어." 하고 소리쳤지만, 흥분한 탓에 혀가 뻣뻣했다. 내가 말하는 걸 듣더니 경찰관이 한층 더 얼굴을 찌푸렸다. '도대체 왜!'라고 생각했다.

가장 덩치 큰 회사원이 우리에게 어깨동무를 하며 친한 척을 했다. 그러고는 익살을 떨 듯이 무언가 말했다. 뭘 어떻게 납득했는지 모르지만, 경찰관은 회사원들과 한동안 이야기를 나누더니 우리에게 주의 같은 것만 주고 다시 자전거로 떠나갔다.

경찰관이 사라지자 회사원들에게 옷을 꽉 붙잡혀서 도망치지도 못하고 어두운 뒷골목으로 끌려 들어갔다. 회사원 중 한 명이 집게손가락으로 땅바닥을 가리키며 천천히 입을 열었다. "엎 드 려." 무척 읽기 쉬웠다.

도대체 왜 이러는가. 정말로, 이유를, 알 수 없었다. 어금니를 악물면서 무릎을 꿇고 엎드렸다.

땅바닥에서 올려다본 회사원들의 옆얼굴은 현란한 네온사인의 빛을 받아 번쩍번쩍했다. 그들은 친구를 향해 '너도 해.'라는 듯이 땅바닥을 계속 가리켰다.

우리를 무릎 꿇리고 만족했는지 그들은 뒷골목에서 번화가로 사라졌다. 마지막으로 듣지 못하는 것을 몸짓으로 조롱하며 "벼어어엉신." 하고 입을 크게 벌려서 말했다.

아르바이트의 조리장도, 회사원들도, 중학교의 여자아이도, 초등학교의 남자아이도, 모두 비겁한 놈들이었다. 얼굴은 떠오르지 않는데 천천히 움직이는 입만은 이상할 만큼 선명히 되살아났다. 그들의 입을 생각하기만 해도 분노가 치밀었다. 내가 떠올릴 수 있는 최대한 잔혹한 행위를 얼마나 많이 몽상했던가.

그렇지만 기묘하게 잘 읽혔던 그들의 악의에 찬 말을 떠올릴 때면 '그래도 참 알기 쉬웠어.' 하는 일말의 기쁨을 동시에 느끼기도 했다.

○ ○ ○

사람들이 음성으로 이야기를 한다. 무슨 이야기인지 알고 싶어서 용기를 내어 통역이나 필담을 부탁한다. 그러면 고맙게도 무엇을 화제로 이야기하는지 써주기도 한다. 사람들이 써주는 '말'은 대부분 간략하게 다듬어져 군더더기가 없다. 분명히 그것만으로도 용건이나 내용을 전달하는 데는 문제가 없다. 그렇다고 생각한다. 그에 불만은 없다.

그렇지만 그토록 즐겁게, 혹은 심각하게 오랫동안 이야기하는 걸 보면 '겨우 이거라고?' 하는 생각이 들며 좀처럼 납득이 안 된다.

소통은 의미 있는 말만으로 이루어지는 것이 아니었다. 오히려 쓸데없다고 여기곤 하는 잡담이 쌓여야 비로소 서로의 마음에 편안한 공백이 자라나고, 그 공백에 들어가려는 듯이 새로운 말이 찾아든다. '의미 있지만, 의미 없는 잡담'을 깨끗하게 정리한 다음 건네는 '말'에는 생기가 깃들지 않는다.

비유하면 힘차게 꼬리 치는 생생한 물고기를 받길 기대했는데 가지런히 잘려서 정돈된 회가 나왔을 때 느끼는 당혹감과 비슷할까.

물론 살아 있는 물고기를 받으면 귀찮은 일도 많고 비린내도 난다. 귀찮음과 비린내를 없애주는 것이 얼마나 고마운 일인지는 잘 안다. 하지만 그래도 살아 있는 생선을 받아서 직접 손질하고 나에게 필요한 것을 골라내는 과정을 거치지 않으면 진정한 맛을 느낄 수 없다.

생기가 깃들지 않은 대화를 쌓아갈수록 고독은 심해졌고 내 존재는 투명해졌다. 그렇게 투명해진 존재에게 '내게 와닿는 목소리'라는 것은 설령 어떤 내용이든 상대가 나라는 존재를 꽉 붙잡고 내보낸 것이며, 그렇기에 내가 여기에 있음을 긍정해주는 것이기도 했다.

새카맣게 악의에 찬 말은 단정적이고 선정적이며 즉효성이 있다. 누구나 자연스레 품고 있는 감정이기 때문이다. 내 속에도 상대방을 증오하는 시커먼 감정과 말이 가득 차 있다. 그래서 악의에 찬 상대가 무엇을 말하는지 예상하기 쉬웠고 무척 잘 와닿았다.

본래는 나를 향한 차별에 맞서 의연하게 저항해야 했지만, '목소리를 알 수 있다.'며 조건반사적으로 기쁨을 느끼는 바람에 분노를 표출하는 것이 억눌려버렸다. 한참 지난 뒤에야 '아, 그때는 화냈어야 하지 않을까.' 하고 깨닫는 내가 딱했다.

내 고독은 극단적인 수준까지 치달았던 것 같다. 나는 악의에 찬 말을 들어도 일단 나를 봐주고 있다며 일그러진 기쁨을 느끼고 있었다.

목적지가 없는 분노는 발산되지 않고 쌓여서 더욱 거무칙칙한 추악한 색으로 물들며 썩어간다.

썩은 내 나는 분노는 사람을 해치고도 아무렇지 않은 잔혹한 감정과 잘 공명한다.

진짜 말

　　○

　　그는 수어를 몰랐다. 정확하게 말하면 청각장애인과 교류하는 입장에 있으면서도 수어를 익히려고 하지 않는 청인이었다.

　　그는 무척 친절한 사람이었고 항상 싱글싱글 웃었다. 내게 못된 짓을 한 적도 없다. 만나서 이야기를 하면 그 나름대로 입을 분명히 벌려서 말했고, 그래도 어려우면 필담으로 대화하는 것을 마다하지 않았다. 그래서 무슨 이야기를 하는지 모른 적은 없었다.

　　그렇지만 "수어를 조금이라도 익히면 더 많이 이야기할 수 있을 텐데." 하고 제안하면 "아니, 안 돼. 어려워, 어려워. 못 해, 못 해." 하고 부정하기만 했다.

　　수어는 언어이기 때문에 영어를 잘 배우고 못 배우는 사람이 있는 것처럼 배울 때 어느 정도 각오할 필요가 있다. 몸에 익을지 말지는 결국 배우는 사람의 의지에 달린 문제라서 억지로 수어를 권할 생각은 없었다.

…없었지만, 수어에 관심이 없다는 말은 결국 우리 농인과 이야기할 마음이 없다는 뜻으로 여겨져서 조금씩 불신감이 커졌던 것 같다. 이렇다 할 이유도 없이 그가 왠지 싫어졌다.

농인들이 모이는 술자리에 초대를 받았다. 꽤 대규모 술자리라서 50명 넘게 있었던 것 같다. 깨끗하지는 않지만 음료와 음식이 저렴하고 방이 무척 넓은 게 장점인 술집에서 모였다. 사람들이 꽉 찬 방에서 수어가 떠들썩하게 오가는 모습은 장관이었다.

그 방에 그도 있었다. 수어를 모르는 그는 여느 때처럼 노트를 펼치고 필담으로 대화했다. 술자리가 막 시작되었을 때는 농인들도 필담에 응해주었지만 흥이 오르자 익숙한 수어로 이야기하기 시작했다. 나도 그 이야기에 섞여 들어갔다.

나는 취해 있었다. 술을 꿀꺽꿀꺽 마시면서 여전히 수어를 배우지 않고 필담을 고집하는 그를 향해 조바심을 냈다. 그의 시선을 의식하면서 "수어를 모른다니 싫지 않아? 왜 배우려고 하지 않을까? 간단한 수어도 기억하지 못할 정도로 머리가 나쁜가? 바보야?" 그런 악담을 그가 모르게끔 빠르게 수어로 말했다. 내 곁의 친구도 웃으면서 "맞아." "정말로." 하며 맞장구를 쳤다. 그 반응에 나는 더욱 신을 냈다. 기분 좋은 만큼 악담도 술술 나왔다.

무료한 듯이 어깨를 움츠린 그는 오가는 수어 사이에서 눈을 이리저리 굴리며 난처한 표정을 짓고 있었다. 하지만 싱글싱글 웃고 있었다. 달리 할 일이 없다는 듯이 요리의 기름과 술로 더럽혀진 노트에 글자를 끄적였다.

나는 그런 그를 보면서 '수어를 배우지 않으니까 그런 거야. 수어를 배우면 함께 이야기할 수 있는데. 더 고생해서 수어를 배워야겠다고 마음먹어봐.'라고 생각했다. '다 네 생각을 해서 그러는 거야.' 정의를 위하는 척했다.

불현듯 날카로운 시선을 느꼈다.

그 시선은 조금 안쪽 자리에서 대화에 참여하지 않은 채 잠자코 앉아 있던 여성이 보내는 것이었다. 처음 보는 사람이었고 딱히 나를 책망하는 말을 하지는 않았다. 하지만 그 날카로운 눈빛은 그가 못 알아듣게 험담을 하고, 그가 당황하는 모습을 보며 비웃는 내게 향하는 것이라는 걸 바로 알았다.

눈살을 잔뜩 찌푸리고 쏘아 보내는 차가운 눈빛이 내게 박혔다. 내 몸이 기억하는 것이었다. 일찍이 나 역시 비겁한 놈들을 날카로운 나이프로 찌르듯 경멸하는 시선으로 봤었다.

술이 단박에 깼다. 방금 전까지 내가 털어대던 말들이 어떤 것이었는지 갑자기 깨달았다. 너무 부끄러웠다. 정말 너무나 부끄러웠다. 부끄러움을 견딜 수 없어서 도망치듯 술자리에서 빠져나왔다. 그 뒤로 그 여자와는 두 번 다시 마주친 적이 없다.

○ ○ ○

다시 한 번 나 자신을 객관적으로 바라보면, 모든 것이 전혀 다른 각도에서 보인다.

이제 와 돌이켜보면 그에게는 가벼운 지적장애가 있었던 것 같다. 뚜렷이 드러나지는 않았지만 그런 징후를 어렴풋이 느낀 적이 있었다. 하지만 그런 부분은 못 본 척하고 '같은 말로 얘기하려 하지 않아.'라는 이유만으로 그를 차별했다.

그는 왜 항상 싱글싱글 웃었는가. 나라면 쉽게 상상했어야 했다. 일반 학교, 회사, 아르바이트 같은 청인 사회에서 아무것도 알 수 없는 때일수록 나는 '조금 이야기를 알아듣지 못하는 것뿐이니까 괜히 나서서 분위기 깨뜨리면 안 돼.'라고 스스로를 속이며 아무렇지 않은 척 싱글싱글 웃으려 노력했다.

그를 보고 있으면 마치 청인 사회에 놓인 나를 보는 것 같아서 참을 수 없는 답답함에 초조했던 것 같다. 그를 대하며 느낀 조바심은 모두 나 자신에게 돌아왔다.

설령 내가 그렇게 생각했다 해도 그냥 마음에 담아두면 그만이었다. 그가 보는 곳에서 우쭐대며 자랑하듯이—그가 모르는 수어로—험담을 할 필요는 없었다.

결국 나는 청인에 대해 그때까지 품었던 복수심을 한 사람에게 쏟아부은 것이다. 그동안 내가 당했던 대로 언젠가 '청인'에게 돌려주고 말겠다는 욕망이 술로 인해 해방된 것이다. '청인'이라면, 그리고 강하게 맞받아치지 못할 만한 약한 사람이라면 누구든 상관없었다.

나 역시 형편없이 비겁한 놈이었다.

◦ ◦ ◦

그 일은 정말이지 견디기 힘들었다. '나는 상처를 받아왔다. 그래서 성장할 수 있기도 했다. 그러니 상처 입는 것은 성장을 위한 필요악이다.' 이렇게 일그러진 생각으로 나는 차별을 정당화하려 했다. 그런 내 모습은 예전에 마주쳤던 비겁한 놈들과 똑같았다.

수어와 만나서 다시 태어났다고 생각했는데 내 근본은 조금도 성장하지 않았던 것이다. 오히려 패거리를 만들고는 그 내부의 안전지대에서 차별을 즐기는 유치한 인간으로 전락해 있었다.

무슨 일이든 그렇지만, 익숙해지기 시작하는 것이 가장 위험하다. 수어를 배운 지 겨우 몇 년밖에 안 됐으면서 내가 남들 못지않게 뭐라도 된 줄 착각하고 오만을 떨었다.

생각이라고는 없이 경솔하게 입으로(손으로) 내뱉는 말은 타인에게 깊은 상처를 남기는 흉기가 될 수 있음을 뼈저리게 깨달았다. SNS에서도 상대의 의지를 알기 위한 대화도 없이 폭력적인 정의감으로 상대를 제압하려는 혐오 발언이 넘쳐난다. 혹은 상대를 배려해준다는 피상적이고 천박한 선의를 담은 경솔한 말이 되풀이되기도 한다.

사실 누구나 가슴속에 품고 있는 그런 마음은 반론을 당하기도 하고 동의를 얻기도 하며 사람들의 감정을 자극하는 과격한 말로 발전해 광범위하게 전파된다.

차별은 차별을 낳는다. 차별당한 경험은 더 약한 자를 짓밟아서라도 강자의 자리로 기어오르려는 악순환으로 사람을 몰아넣는다. 차별을 더할 나위 없이 즐거워하는 내 속의 마음과 마주하면서 그 마음과 어떻게 결별할까? 악순환을 끊어내려면 어떡해야 좋을까? 나는 이 의문에 파고들게 되었다.

그 의문에 대한 답은 여전히 모르지만, 일단은 잘못과 약점까지 포함해 나를 있는 그대로 긍정하는 것부터 시작해야 한다고 생각했다. 그 생각은 사진을 매개로 만나온 다양한 장애를 지닌 사람들로부터 배운 것이었다.

그들은 결코 강하지 않다. 그렇지만 자신의 슬픔과 약점을 얼버무리지 않고 포용하면서, 나아가 자신의 발로 일어서길 선택한 사람들이다. 약점도 슬픔도 꼴사나움도, 그 너머에 있는 기쁨도, 전부 스스로 결정하겠다고 결의한 사람들이다.

그런 사람일수록 홀로 있는 것을 두려워하지 않는다. 홀로 있는 것이 매우 중요함을 아는 사람일수록 홀로 살아가는 다른 사람을 만나면 고유한 한 개인으로 대한다. 상대를 신뢰하며 그냥 놓아둘 줄 안다.

부러지지 않는 강함을 지닌 사람들을 많이 만나며 촬영하는 시기였기에 더욱 내 비겁함이 두드러졌다.

나는 지나치게 '말'에 농락당하고 있었다.

발음의 좋고 나쁨과 관련한 씻어낼 수 없는 콤플렉스 때문에 목적도 없이 일본수어 어휘를 늘리려고 했고, 멋지게 수어 표현을 하는 사람을 보면 버릇과 말하는 법을 따라 하려고 기를 썼다. 그렇게 말의 표면적인 것에 연연하면서 토대가 되는 마음가짐은 허약하게 놔두었다.

더욱더 견고한 '말'을 지녀야만 했다.

그렇지만 그 방향성은 일본수어의 어휘를 외운다든가, 타인에게 제대로 전해지는 일본어 문장을 연습한다든가 하는 것이 아니었다. '음성언어' '일본어' '일본수어' '수지일본어',* 나아가 여러 외국어를 비롯한 온갖 언어… 그런 언어의 종류에 얽매이지 않고, 말이라고 하는 것을 더욱 자유롭게 받아들이는 것. 존재의 깊은 곳으로 통하는 '진짜 말'을 몸과 마음에 갖추는 것. 그런 방향으로 가야 하지 않을까 생각했다.

그런데 '진짜 말'이란 대체 무엇일까.

그런 말, 태어나서 들어본 적이 있던가.

'진짜 말'에 관해서 생각하던 때, 한 선생님의 눈이 떠올랐다.

---

* 일본수어, 한국수어 등은 고유의 문법이 있어 아기가 자연스레 익힐 수 있는 언어다. 그에 비해 수지일본어, 수지한국어는 음성언어(일본어, 한국어)의 문법과 어순에 맞춰 수어 단어를 배치하는 방식으로 후천적인 청각장애인이 익히기 쉽다. 한국에서는 수지한국어를 '한국어대응수어', '문법식 수어', '국어식 수어', '청인식 수어', '아식 수어' 등으로 부르기도 한다.

○ ○ ○

　내가 다니던 중학교에는 난청학급이 있었다. 영어, 국어, 수학 같은 주요 과목은 난청학급에서 배우고, 그 외 과목은 일반 학급에서 청각장애가 없는 학생들과 함께 수업을 받는 식으로 운영되었다. 난청학급이 있기 때문인지, 매년 한 차례씩 샤쿠지이농학교의 학생들이 댄스 공연을 하러 오는 등 교류 활동이 있었다.

　당시에는 스스로를 '들을 줄 아는 인간'이라고 믿었기 때문에 농학교를 다니는 학생들과 한데 묶이기 싫었고, 그래서 교류 활동을 성가신 일로 여겼다.

　중학교 1학년 때, 처음으로 교류 활동을 경험한 날의 일이다. 아침에 등교를 하는데 교문에 낯선 성인 여성이 있었다. 거뭇한 롱스커트에 똑바른 자세로 서 있었다. 파마를 한 단발머리가 인상적이었다. 한 번도 본 적 없으니 학교 선생님일 리는 없었다.

　누군가의 부모님인가. 이런 생각을 하며 여성 옆을 지나치려던 때였다.

　여성이 몸을 숙이더니 눈을 내리뜬 나와 시선을 맞추며 "안녕!"이라고 인사했다. 기운찬 인사였다. 여성의 눈은 눈부실

만큼 곧아서 똑바로 마주 볼 수가 없었다.

뒤이어 여성이 무언가 말을 걸었던 것 같지만, 기억하지는 못한다. 안절부절못하고 있는데, 교문 바로 앞이라서 등교하는 다른 학생들이 모두 주목하는 바람에 부끄러웠다. 그 자리를 벗어나기 위해 영문도 모른 채 작게 고개를 끄덕이고 허둥지둥 교문 안으로 들어갔다.

교실로 가는 내내 부끄러웠지만, 동시에 '한 사람의 인간으로 봐주었다.'라는 기쁨도 느꼈다.

교실에서 짧은 조회를 마치고 농학교 학생들의 발표를 보러 체육관으로 이동했다. 전교생이 모인 체육관에 무릎을 세우고 쪼그려 앉아서 '그 사람은 누구였을까?'라고 생각하는데, 샤쿠지이농학교 학생들이 체육관으로 들어왔다. 그리고 그 뒤에 교문에서 본 여성이 있었다.

우리 학교 선생님이 마이크를 잡고 말을 했다. 그러자 그 여성이 수어로 통역하기 시작했다. 농학교 선생님이었던 것이다.

선생님의 이야기가 끝나고, 농학교 학생들의 댄스 발표가 시작되었다. 잘하는지 못하는지는 몰랐지만, 농학교 학생들이 무언가를 상의하는 듯 현기증이 날 만큼 수어를 주고받고, 400명이 넘는 중학생들 앞에서 당당하게 공연하는 모습에 왠지 가슴이 타는 것 같았다.

그 뒤로 중학교 2학년, 3학년 때도 교류 활동이 있는 날마다 농학교 선생님이 교문 앞에 있었다.

선생님은 사람과 눈을 마주치는 게 무서워서 절로 옆으로 돌아가는 내 시선을 놓치지 않고 활기찬 눈빛으로 마주 보면서 "안녕!"이라고 인사해주었다. 내가 대답한 적이 없는데도, 매년, 반드시.

농학교 선생님과 중학교 3년 동안 주고받은 말은 세 차례의 "안녕."뿐이었다. 겨우 세 마디에 불과한 그 말이 암담했던 중학교 생활 동안 나를 보이지 않는 곳에서 굳건히 지탱해주었다.

만약 그 인사가 없었다면, 분명히 '들을 줄 아니까.'라는 저주에 사로잡힌 채 일반 고등학교에 진학했을 것이다. 그리고 청인 사회에 적응하려고 노력한 끝에 몸과 마음이 모두 망가져버렸을 것이다. 선생님의 "안녕."은 내가 샤쿠지이농학교에 입학하는 결정적인 계기가 되었다.

그렇게 샤쿠지이농학교에서 선생님과 재회했다. 그분은 국어 선생님이었다.

고등학교 3학년 때, 특별히 배우고 싶은 것도 없으면서 왠지 그래야 할 것 같다는 이유로 대학교 진학을 희망했다. 성적은 말이 아니었기 때문에 일반 입시가 아니라 추천 입학을 노려보려고 했다. 논술 실력을 키워야 해서 국어 선생님이 매일 밤늦게까지 나를 봐주었다. 논술을 잘하려면 쓰는 이의 체감이 동반된 의견이 필요했지만, 내게는 아무런 의견도 없어서 어딘가에서 가져온 것 같은 뻔한 내용밖에 쓰지 못했다. 아직 내 속은 텅 비어 있었다.

그런 내 상태를 꿰뚫어본 것인지 선생님은 어느 날부터 논술을 쓰는 기술을 가르치기보다는 나의 내면을 탐색하는 이야기를 나누는 데 열중했다. 그러다 중학교 시절 이야기가 나왔다.

"그때 하루미치를 보자마자 이대로는 위험하다고 생각했어. 그걸 직접 말해서는 안 된다고도 생각했고. 하루미치는 굉장히 섬세하니까. 교사인 내가 이런 말을 하면 안 될지 모르겠는데, 하루미치에게 샤쿠지이농학교는 공부를 하는 곳이 아니야. 지쳐버린 마음을 재활하는 곳. 그래서 여기에 오면 좋겠다고 생각했고, 하루미치를 믿고서 매년 교문 앞에 서서 눈을 맞추고 인사한 거야."

뚝뚝 눈물이 떨어졌다.

중학교 시절 내가 선생님으로부터 구체적인 말을 들었던 것은 아니다. 하지만 의지는 전해졌다. 그래서 농학교에 입학할 수 있었다. 그곳에서 구원을 받았다.

눈빛을 통해서 침묵 사이에 전해지는 목소리를 나는 듣고 있었다.

그렇게 들을 수도, 전할 수도 있었던 것이다.

대학교는 결국 떨어졌지만, 전공과로 진학하여 2년을 더해 총 5년간 샤쿠지이농학교에서 지냈다. 결과적으로 무척 잘한 일이었다. 그 2년 동안 전국 이곳저곳을 여행했고, 내 의사를 더욱 구체적으로 전달하는 법을 갈고닦을 수 있었다.

선생님이 말한 대로 고등부 3년만으로는 시간이 부족했다. '재활'. 그 조언에도 구원을 받았다.

진짜 말은, 말로 표현할 수 없는 의미로 가득하다.

진짜 말은, 오래 시간을 들여서 마음 한구석에 조용히 꽃을 피운다.

진짜 말은, 보이지 않는 따뜻한 손이 되어 마음에 닿는다.

은사가 내게 보낸 곧은 눈빛이 가르쳐준 '진짜 말'을 내 몸으로도 발하고 싶다. 언제부터인지 나는 그런 결의를 품었다.

원초적인 대화

로프를 넘어서 링에 오른다. 스포트라이트가 눈부시다. 관객석은 어둠 속에 푹 잠겨 있어 아무것도 보이지 않는다. 코너에 잠시 서 있자 스포트라이트가 꺼진다. 암전.

그리고 다시 안쪽을 스포트라이트가 비춘다. '안티테제 기타지마'가 서 있다. 스킨헤드에 검정 브리프. 손에는 오픈 핑거 글러브*를 끼고 있다. 천천히 걸으며 링으로 다가온다. 안티테제 기타지마는 로프 앞에서 멈춰 서더니 기도하듯이 잠시 눈을 감았다가 링으로 뛰어든다.

심판이 "일시 정지" "라운드 종료" "시합 종료"라고 쓴 전용 카드를 보여주면서 "깨물기, 후두부 타격, 고환 부근 타격은

---

* 주로 종합격투기에서 사용하는 글러브로 손가락이 반쯤 드러나서 주먹을 자유롭게 쥐고 펼 수 있다.

반칙이다."라는 주의 사항을 설명한다. 내가 알기 쉽게, 입을 커다랗게 벌리고 몸짓도 하며.

안티테제 기타지마는 줄곧 날카롭게 나를 노려보고 있다.

2007년, 나는 장애인 프로레슬링 단체 '도그레그스Doglegs'에서 레슬러로 데뷔했다. 처음 『무적의 핸디캡: 장애인이 '프로레슬러'가 된 날』이라는 책을 읽고 반년 후의 일이었다.

데뷔전 상대인 '안티테제 기타지마'는 그 책의 저자 '기타지마 유키노리北島 行徳'로 도그레그스를 약 15년 동안 이끌어온 대표였다.

○ ○ ○

내 인생을 크게 바꾼 책 『무적의 핸디캡』은 샤쿠지이농학교를 졸업하고 회사원 생활을 하던 무렵에 집 근처의 네리마 구립 오이즈미도서관에서 처음 만났다.

첫 월급으로 조금 쓸 만한 일안 리플렉스 카메라를 구입해서 사진을 찍고 있었지만, 카메라를 다루는 것만으로도 벅찼

●   北島行徳, 『無敵のハンディキャップ: 障害者が「プロレスラー」になった日』文藝春秋 1997.

다. 그래서 '사진'에 대한 인식도 전철에 걸린 광고 사진, 만화 잡지에 실린 그라비아, 야한 책, 동급생 전원이 모여 찍는 기념사진 등 막연한 수준에 그치고 있었다. 그 외에 사진이 있다고는 생각조차 하지 못했다.

아는 사진가라고 해봤자 머리카락이 부스스한 사람(시노야마 기신), 연예인 가토 차와 닮은 사람(아라키 노부요시), 가족의 누드를 찍은 사람(나가시마 유리에), 이렇게 세 명밖에 몰랐다. 이름도 모르던 사진가들이 각자 개성이 강렬한 덕에 텔레비전에서 잠깐 본 것만으로 인상에 깊이 남은 게 재미있다.

새로운 카메라에 익숙해져 여력이 생기자 '사진' 그 자체에 대한 흥미가 솟아났다. 어떤 사진이 있을까 생각하며 도쿄의 사진전에 뻔질나게 다니고 동서고금의 사진집을 보는 등 일단 사진에 대한 이해를 넓혀갔다. 그러다 보니 조금씩 좋아하는 사진의 경향이 생겼다. 후지와라 신야, 아라키 노부요시, 기카이 히로오, 후카세 마사히사, 가와구치 린코, 다이앤 아버스, 보리스 미하일로프, 마리오 자코멜리….

그런 사진가들의 책을 읽으며 전율하고 동경했다. 특히 마음이 끌린 사진은 복사해서 노트에 스크랩했다. 그런 스크랩북을 여러 권 만들며 사진을 따라 한 시기가 있다.

그렇지만 따라 할수록 기량의 차이는 물론 사진을 대하는 집념이 전혀 다르다는 사실만 알게 되었다. 분위기와 구도가 얼핏 닮은 사진을 찍어도, 한순간의 기쁨 뒤에 찾아오는 '그래서 뭐야?' 하는 허무함까지 얼버무릴 수는 없었다.

굉장한 사진과 사진집을 접하면 '이제 이 세계에 있는 온갖 것이 전부 사진으로 찍혔어. 내가 찍을 것은 전혀 없지 않을까?' 하는 약한 마음이 들곤 했다.

그렇지만 어느 날 문득 깨달았다.

나는 딱히 기술과 지식을 배우려던 것이 아니었다. 나아가 표현이나 예술을 하고 싶었던 것도 아니었다. 내가 언제까지나 추구하고 싶은, 내가 진정 나답게 살아가는 과정에서 반드시 바라봐야 하는 세계를 아는 것이 중요했다. 내가 하려던 것은 작품의 주제를 찾아내는 것과 달랐다. '왜인지 이유는 모르겠지만 사진이 아니면 안 돼.' 하는, 내 속에 자리한 어쩔 수 없는 충동에 길을 닦아주려고 했다.

그 길을 닦기 위해서는 과거의 사진들에서 배우는 것이 아니라 반대로 사진과 관계없다고 단정하며 거들떠보지도 않았던 것들을 아는 것부터 시작해야 하지 않을까 생각했다. 즉, 나의 비좁은 세계관 자체를 넓혀야 했다.

딱딱하게 굳어버린 세계관은 어중간한 방법으로 깨뜨릴 수 없고, 무언가 한 가지를 철저하게 바라봐야 한다고 생각했다.

그래서 도서관에 있는 책을 전부 손에 들고 어느 책에 어떤 사진이 쓰였는지 펼쳐보기로 마음먹었다.

수어의 세계를 알게 된 덕에 절대적이라 믿었던 음성사회의 세계관이 근본부터 무너지고 전망이 훌륭한 시야를 손에 넣었다. 그런 체험을 했기에 극단적일수록 좋다고 생각했다.

한동안 휴일이 되면 도서관만 오갔다. 그때까지는 곧장 사진집이 꽂힌 책장으로 향해서 몰랐는데, 사진집을 등지고 보면 도서관에는 엄청나게 책이 많았다. 그다지 큰 도서관이 아니었음에도, 책이 몇 권이나 있을까 놀랄 정도였다.

내 호불호는 고려하지 않고 책장에 꽂힌 책을 꺼내서 휘리릭 훑어봤다. 사진이 들어간 면이 있으면 조금 신경 써서 봤다. 만약 마음에 든 사진이 있으면 복사해서 스크랩했다. (스크랩북은 이사하다가 실수로 버리고 말았다…)

그런 식으로 소설부터 어린이책, 백과사전, 의학서, 법률서까지 전에 손댄 적 없던 분야의 책들도 펼쳐봤다. 그중에서 특히 재미있었던 것은 소설 등에 실린 저자 사진의 경향, 그리고 해부학서와 아동 백과사전에 쓰인 사진이었다. 그 사진들은 촬영자의 의사 없이 오로지 피사체를 시각 정보로 다루는 데 집중하고 있었다. 너무 당연해서 무심결에 지나쳤던 사실인데, 보는 이가 전혀 의식하지 않게 했다는 점이 대단했다.

책장 사이를 전전한 지 3개월 정도 되었을 때, 마지막으로 복지 관련 책장이 남았다. 장애인의 자서전이 많은 그 책장은 일부러 멀리하던 분야였다.

내키지 않았지만 한 권씩 펼쳐보았다. 예상한 대로 웃는 얼굴이 찍힌 사진만 가득했다. 책장을 넘기고 넘겨도 '장애 따위 신경 안 써요.' '우리는 모두 같아요.' 하는 듯한 미소가 찍힌 사진에 진력이 났다. 당시 나에게 미소란 거절, 타협, 포기 같은 감정이 드러난 데 지나지 않았다. 직장에서 이런저런 일을 참으며 억지웃음을 짓는 내 모습을 객관적으로 보는 듯해 싫었던 것 같다.

삐뚤어진 마음으로 꺼내 든 책 중에 『무적의 핸디캡』이 있었다.

단행본의 표지에는 대나무펜으로 쓴 듯한 떨리는 글씨로 제목이 쓰여 있었다. 그 아래에는 어깨에 벨트를 걸치고 이를 드러내며 집게손가락을 세우는 도발적인 자세를 취한 체구가 작은 남자의 흑백 사진이 있었다. 일단 웃는 얼굴이 아니라는 점에 마음이 끌렸다.

몇 장을 읽자 '이 책이다!' 하는 느낌이 들었다.

곧바로 대출해 집에 가져가서 읽었다. 순식간에 전부 읽었다. 곧장 다시 표지로 돌아가서 두 번, 세 번, 반복해서 읽었다. 바로 개인 소장용 책을 구입했다. 도서관에 있는 책을 대부분 봤지만, 그렇게 빠져든 책은 처음이었다.

최후의 책장에서 마지막에 찾은 보물이었다.

o   o   o

『무적의 핸디캡』은 저자인 기타지마 유키노리 씨가 대표를 맡고 있는 장애인 프로레슬링 단체 '도그레그스'의 탄생과 여러 시합을 흥행으로 이끈 드라마를 장애인 레슬러 한 명 한 명에게 초점을 맞추며 그린 논픽션이다.

소설처럼 읽기 쉬운 문체와 등장인물들이 자아내는 유머 덕분에 쭉쭉 그 세계로 빨려 들어갔다. '삼보 신타로'를 비롯해 '수신 매그넘 나미가이' '갓파더' '라망L'Amant, 애인과 미세스 라망 부부' '단빵맨' 등 레슬러들과 저자가 펼치는 드라마.

그 책에는 '장애에 굴하지 않고 씩씩하게 살아간다.'라는, 비장애인들이 선호하는 스테레오타입의 '장애인'은 단 한 명도 없었다. 모든 인물이 피도 눈물도 흘리는 살아 있는 사람으로 그려져 있었다. 모두가 서툴게 살아가는 '인간'이었다.

서점에서 산 단행본을 얼마나 여러 번 읽었는지 두 달도 지나지 않아서 책이 구깃구깃해졌다. 참고로 『무적의 핸디캡』의

문고본 표지는 모두가 함께 찍은 사진으로 다들 웃고 있다. 내가 싫어하는 웃는 사진이었다. 하지만 문고본 표지를 보았을 때는 이미 등장인물들의 관계를 알고 있었고, 본문에 힘들고 슬픈 이야기도 많았기에 외려 그들의 웃음을 볼 수 있어 기분 좋았다.

결국 두터운 관계를 맺은 다음 짓는 웃음과 촬영용으로 만든 웃음은 질이 전혀 다르다는 뜻이었다.

사진에 말과 대화는 찍히지 않지만, 그 한 장을 찍을 때까지 함께한 시간과 대화로 쌓인 관계의 깊이는 분명히 담긴다. 『무적의 핸디캡』 덕에 그 사실을 처음 이해했다.

도그레그스를 향한 마음은 점점 뜨거워졌고, 마침내 시합을 직접 보러 갔다. 그때껏 격투기나 프로레슬링에는 흥미가 없었기 때문에 처음 격투기를 관전하는 것이었다.

여러 사람에게 『무적의 핸디캡』을 추천했지만, 대부분 "장애인이 프로레슬링? 아하하…" 하고 시원찮게 반응할 뿐이었다.

그래도 그중에 나처럼 열렬하게 책에 빠진 사람이 둘 있었다. 한 사람은 현재 내 아내이며 당시 여자 친구였던 마나미, 다른 한 사람은 나를 "형님."이라고 부르며 따라다니던 한 살 어린 소꿉친구 다카오였다. 그들과 함께 시합을 보러 갔다.

2007년 1월 13일에 열린 제72회 이벤트 '15-3'. 경기장은 신주쿠FACE로 좁은 공간에 간신히 링이 설치되어 있었다. (나중에 인터넷에서 당시 시합의 관전 후기를 샅샅이 뒤졌는데, 내가 정말 좋아하는 사이바라 리에코의 만화에 종종 등장하는 편집자 겸 작가 스에이 아키라의 블로그에 다다랐다. 스에이 아키라는 사진가 가미쿠라 요시코와 함께 그 시합을 보았다고 했다. 마침 가미쿠라의 책 『선물』*을 읽은 직후였기에 신기해했던 것이 선명히 기억난다.)

실제로 보는 시합은 박력이 대단했다. 『무적의 핸디캡』에 등장하는 인물들이 몹시 강렬해서 실존하는 사람들일까 반신반의했는데, 눈앞에서 숨을 쉬고 있었다! 때리고, 맞고, 피를 흘리고, 고통스러워하면서, 실실 웃으면서, 눈앞에 있었다! 아무튼 나는 엄청나게 흥분했다.

도그레그스의 명물이라는 경기 해설이 재미있는지 관객들은 모두 깔깔거리며 웃었다. 해설이 어떤 내용인지 궁금했지만, 그보다는 뇌성마비나 신체장애를 지닌 몸에 빠져들었다.

장애로 근육이 긴장하기 때문에 쓸데없는 군살이 없어서 마치 잘 갈고닦은 듯한 몸, 그와 정반대로 운동하기 어려운 탓

•   神蔵美子, 『たまもの』 筑摩書房 2002.

인지 통통한 몸. 격투기 선수와 프로레슬러라고 하면 울룩불룩한 근육질 몸이 일반적이라고 생각했기 때문에 도그레그스 사람들의 개성 넘치는 몸은 무척 볼만했다.

거의 누운 채로 발을 사용해 조금씩 다가가서 상대를 걷어차는 선수, 상반신 전체를 사용해 엎드려 기다가 조르기로 승리하는 선수, 한 사람 한 사람이 자신의 몸과 마주하며 연마한 독자적인 움직임이 아름다웠다.

그날 특히 마음에 남은 것은 뇌성마비로 거의 움직이지 못하는 라망과 기타지마 유키노리, 아니 안티테제 기타지마의 경기였다. 그 경기에서 안티테제 기타지마는 라망에게 자이언트 스윙*을 거는 등 전혀 봐주지 않고 라망과 맞섰다. 얼핏 보면 비장애인이 장애인을 괴롭힌다고 생각할 수밖에 없는 광경이었다. 하지만 라망은 안티테제 기타지마가 체면 차리지 않고 맞서주어서 무척 기쁠 것이라는 생각도 들었다. 위선적인 말을 수천수만 번 하기보다 겨우 몇 분이라도 한 사람의 인간으로 대등하게 바라본다면, 설령 다친다 해도 납득할 수 있을 것 같았다. 무서울 만큼 진지한 자세와 언뜻언뜻 보이는 따뜻한 마음에 전율이 일었다.

• 　상대방의 양쪽 발목을 잡고 자신의 몸을 축 삼아 제자리에서 빙글빙글 돌아 어지러움을 유발하는 프로레슬링 기술.

시합이 끝난 뒤 우리는 흥분을 식히지 못하고 술집에서 한참 동안 열띠게 감상을 이야기했다. 그러다 다카오가 "나, 도그레그스에 들어가고 싶어."라고 말했다.

나는 격투기('장애인 프로레슬링'을 내걸었지만, 실제로 시합을 보니 타격과 관절기를 허용하는 종합격투기의 규칙을 따르고 있었다.)에 관심이 없었기 때문에 맥주를 마시며 "그거 좋다. 들어가, 들어가."라고 부추겼다. '그렇게 되면 나도 도그레그스 사람들과 가까워질지 몰라!' 하고 얄팍하게 생각했다.

한번 내뱉은 말은 반드시 지키는 다카오는 이튿날 SNS로 도그레그스에 연락했고, 눈 깜짝할 사이에 입단 시험을 치렀다.

다카오는 히카리가오카의 주민회관에서 열린 도그레그스의 스파링에 참가했는데, 기타지마 씨가 다음처럼 불씨를 지폈다고 한다.

"청각장애인은 평범하게 사지를 쓸 수 있으니까 도그레그스에서는 비장애인과 크게 다르지 않고 눈에 띄지 않을 거야. 저번에 시합 보러 왔을 때 한 명 더 있었지? 함께 시합에 나가면 어때?"

"꼭 도그레그스 시합에 나가고 싶다."던 다카오에게 질질 끌려서 어영부영하는 사이에 나도 시합에 출장하게 되었다.

한국 드라마「겨울연가」가 공전의 히트를 했던 시기라서 '한류 스타'를 모방한 '청聽류 스타'로 사전 홍보를 했고, 나는 이름에 한 글자를 더한 '히노미치陽ノ道', 다카오高央는 한자만 다르게 바꾼 '다카오高王'라는 링네임을 지었다. 이때 자기소개 영상을 촬영했는데 히카리가오카 공원에서 아이돌처럼 꺄꺄 웃으며 다카오에게 뛰어가기도 했고, 다카오에게 공주님처럼 안겨서 수줍게 웃으며 눈을 마주 보기도 했다. 생각만 해도 부끄럽기 때문에 그 영상은 지금도 보지 못한다.

2007년 4월 21일에 열리는 제74회 이벤트 '동류同類'에서 데뷔 시합을 갖기로 정해졌다. 그때 나는 오사카의 사진전문학교 입학을 위한 절차를 밟고 있었다. 그에 더해 이사 준비, 아르바이트 구직까지 하느라 바빠서 스파링에 참가할 수 없었는데, 매번 출석하던 다카오가 메시지를 보냈다.

"형님 상대는 안티테제 기타지마 같아!"

사진전문학교로 가던 길에 나도 모르게 "뭐어어어!" 하고 놀라며 고개를 뒤로 젖혔다.

"엘리트 같은 녀석은 손 좀 봐주고 싶단 말이야.'라고 했어."뒤이어 다카오가 장난스럽게 보낸 메시지에는 웃을 수 없었다.

○ ○ ○

경기 시작종이 울렸다(아마도).

심판이 양팔을 교차하듯이 휘두르며 시합 시작을 알렸다.

견제 삼아서 발차기를 했지만 발을 붙잡혀서 시작하자마자 바닥에 자빠졌다. 안티테제 기타지마가 내 위에 올라탔다. 얼굴로 주먹이 내리꽂혔다. 퍽퍽퍽퍽 소나기 펀치가 이어졌다. 방어하면서 몸을 뒤로 젖혀 도망치려 했지만, 당연히 놔주지 않았다. 주먹이 얼굴에 꽂힐 때마다 날카로운 빛이 번쩍였다. 입 안에 확 퍼지는 쇠 맛.

콘택트렌즈는 일찌감치 첫 주먹에 빠져버렸다. 위쪽에서 비추는 스포트라이트의 역광 속에 있는 안티테제 기타지마. 그의 윤곽밖에 안 보였다. 나를 향해 내리치는 무거운 주먹이 흐릿한 시야에 들어와 무서웠다. 그런데 계속 얻어맞으면서도 한편으로는 기묘하게 기분이 좋았다. 얕은꾀를 이리저리 부리던 머리가 깨끗이 씻기는 것 같았다.

내가 로프를 붙잡아서 경기가 일시 중지되었고, 잠시 자유로워졌지만 또다시 발차기를 하다 붙잡혀서 쓰러졌다. 도망치려고 등을 돌린 나에게 안티테제 기타지마가 조르기를 걸었다. 그의 팔이 내 목에 빈틈없이 죄어들었다. 숨이 막혔다. 견디려 했지만 무의식중에 바닥을 두드려 항복을 선언했다. 1라운드에서 패배했다. 눈 깜짝할 새 시합이 끝났다.

시합 시간이 겨우 44초였다는 걸 듣고 깜짝 놀랐다.

일상에서는 의식할 새도 없이 지나가는 짧은 시간인데, 시합을 했던 44초 동안의 순간은 마치 사진을 들고 보듯이 선명하게 떠올릴 수 있었다.

시간이란 시곗바늘처럼 일정한 속도로만 흘러가는 것이 아니었다. 바로 '지금'이라는 순간을 진심으로 살아가면, 순간이 영원처럼 농밀하게 눈앞에 나타날 수 있다는 것을 직접 몸으로 느꼈다.

나중에 안티테제 기타지마가 시합 당시 갈비뼈 골절에 폐렴까지 걸린 상태였다는 것을 알았다. 그런 몸 상태로 링에 올라 진지하게 맞서주었다니, 대단한 사람이라며 다시 무언가가 복받쳤다.

∘ ∘ ∘

스포트라이트를 받은 링은 한밤중의 설경처럼 빛난다.

하얀 황야에는 '당신'만 있다.

'당신' 외에 아무도 없는 세계에서 '나'는 '당신'만 바라본다.

때리고 맞으며 '당신'과 '나' 사이에서 이어지는 '지금'을 아픔과 함께 느낀다. 그렇게 '당신'만 진지하게 바라볼수록 세계는 '당신' 자체가 된다.

안티테제 기타지마와의 시합에서 느낀 것은 '대화의 원초적 풍경'이 되었다.

대화란 서로를 이해하기 위해 하는 것이 아니었다. 때릴 때, 상대가 받을 아픔은 알 수 없다. 맞을 때, 상대방은 내 아픔을 모른다. 이처럼 말하면 말할수록 서로 다름이 두드러진다. '다 끝났어.' '도저히 서로 이해할 수 없어.' '공유할 수 없어.' '전해지지 않아.' 이런 고통과 괴로움에서 시작되는 것이 대화였다.

서로 다름을 통감할수록 '당신'이라는 타인을 바라보는 '나'의 시선도 새로워진다. '당신'이 '나'를 바라보는 시선에도 빛이 더해진다.

대화란 이해할 수 없는 다름을 서로 받아들이면서 그렇게 다름에도 불구하고 관계를 맺기 위해 하는 행위였다.

내 사진은 피사체를 중심에 둔 동그라미 구도로 찍은 것이 많다. 흔히 사진 구도로는 너무 평범하고 흔해빠진 것이라고 하지만, 나는 그렇게 생각하지 않는다.

나에게 그 구도는 링 위에서 '당신'만 바라본 감각에 기초한 것이다. 1 대 1로 '당신'을 마주하는 '지금'에 집중할수록 구도와 배경은 '당신'의 존재감에 따라 자연스레 정돈된다는 것을 깨달았다.

내가 체감한 것을 바탕으로 나는 동그라미 구도가 이 세계에서 기적처럼 만난 한 사람에게 보내는 시선을 구체화한 것이라고 생각하고 있다. 더할 나위 없이 사랑스럽고, 더할 나위 없이 과격한 구도라고 믿는다.

겉보기만 새로운 사진을 찍고 만족하려 할 때면, 나는 새하얀 링을 떠올린다. 얼얼한 열기와 함께 대화의 원초적 풍경을 떠올린다.

인생이든 사진이든 무슨 일이든, 단 한 사람과 마주해야 비로소 무언가를 시작할 수 있다. 한 명의 인간으로서 다른 한 사람과 마주하고 있다는 소박한 감동을 거듭하여 느끼는 것이 얼마나 소중한지 대화의 원초적 풍경이 일깨워주었다.

가슴 남자

。

2018년, 도그레그스와 인연을 맺고 11년째가 되었다. 정말 많은 사람과 링 위에서 마주했다. 쓰루조노 마코토, 벌레 같은 고로, 로리로리타, 나가노 V. 아키라, 아이자와 마사히로, 블라인드 더 자이언트, 나카지마 유키, 세키구치 요이치로, 내일모레의 조, 오가 하루카, 안티테제 기타지마…. 그들과 했던 시합 하나하나가 선명히 기억에 남아 있다. 그중에서 특히 소중하여 가슴 깊이 새겨진 것은 무네오胸男와 했던 시합이다. 그와 벌인 시합을 떠올릴 때마다 쇠 냄새 나는 피의 달콤한 맛이 되살아난다.

2011년 4월 29일, 제82회 이벤트 '20'이 열렸다.
어둠을 가르는 스포트라이트를 받으며 무네오가 휠체어를

타고 링으로 다가갔다. 그 뒷모습을 나는 입장을 대기하며 바라봤다. 로프 앞에서 휠체어를 내린 무네오는 옆으로 누운 채 한 바퀴 굴러서 링 안으로 들어갔다.

무네오는 대학생 시절 스모부 훈련 중 사고로 경추 손상을 당해 장애를 갖게 되었다. 가슴부터 아래쪽과 팔의 새끼손가락 쪽이 완전히 마비되어 움직일 수 없다고 했다. 그래서 링네임이 무네오[•]가 되었다. 노골적인 동시에 그보다 맞아떨어지는 것을 상상할 수 없는 도그레그스의 작명 센스에는 항상 놀랐다.

스포트라이트가 꺼지고 어두워졌다. 잠시 뒤 나도 링으로 향했다. 뒤로 돌린 양손, 넙적다리, 발목을 벨트로 묶은 채 내 세컨드[••]를 봐줄 다카오에게 안겨서.

도그레그스에서는 장애의 정도에 따라 계급이 나뉜다. 서서 싸울 수 있는 사람은 '헤비급', 앉은 자세 혹은 무릎걸음으로 싸우는 사람은 '슈퍼 헤비급', 슈퍼헤비급보다 장애가 심각한 사람은 '미라클 헤비급', 그리고 장애가 있든 없든 상관없이 무릎걸음으로 싸우는 '무차별급'이 있다.

나는 귀가 들리지 않을 뿐 신체적인 장애는 없기 때문에 도

[•]　무네오를 직역하면 '가슴 남자'라는 뜻이다.
[••]　격투기 경기에서 땀을 닦아주거나 물을 주는 등 선수를 돌보는 역할을 맡은 사람.

그레그스 내에서는 비장애인으로 분류된다. 그 때문에 무네오와 장애를 맞추기 위해서 손발을 묶은 것이다.

벨트로 손발을 꽉 묶었을 때, 마치 막대기가 된 것 같았다. 예상 이상으로 몸의 자유가 제한되어서 직선적인 움직임밖에 할 수 없었다. 무네오와 시합이 결정된 뒤로 묶은 상태에서 움직이는 법을 나름대로 연습했지만, 연습은 연습일 뿐이었다.

이동하려면 무네오가 했듯이 누운 상태로 몸을 굴리든지, 등 뒤로 돌린 손으로 아주 조금 몸을 들어서 옮기는 것을 반복하는 수밖에 없었다. 약간 이동하는 데도 온몸을 써야 했다. 링은 쿠션이 들어가 있어 푹신푹신했기 때문에 몸을 들려고 하면 손끝이 조금 아래로 잠겼다. 그 '조금'이 상상 이상으로 피로를 유발했다.

코너에서 링 한가운데로 가는 것도 꽤 힘들었다. 일어서서 걸으면 끝에서 끝까지 일곱 걸음이 채 안 되는 링이 광활하게 느껴졌다. 길게 뻗은 다리가 무거워서 방해만 되었다. 대충 몸의 절반이라고 쳐도 30킬로그램은 되었다. 매일매일 이렇게 무거운 걸 끌고 다녔다는 데 놀랐다.

이런 몸으로 무네오는 살아가고 있다. 그 사실을 생생하게 몸으로 느꼈다.

경기 시작종이 울렸다(아마도). 무네오가 꿈틀 움직였다.

묶여 있었지만 내가 무네오보다는 자유롭게 움직일 수 있었다. 몸을 들어 옮기면서 슬금슬금 다가갔다. 하지만 어떻게 공격할지가 문제였다. 팔이 뒤로 묶여서 주먹은 쓸 수 없고, 다리 역시 묶여서 발차기를 할 수도 없었다.

공격 방법을 고민하면서, 일단 두 다리를 치켜들고 뒤꿈치로 찍듯이 아래로 휘둘렀다. 재빠르게 팔을 움직일 수 없는 무네오는 거의 방어하지 못한 채 공격을 받았다.

그저 시합에서 이기길 목표한다면, 그대로 반복해서 발을 내려찍으면 되었다. 하지만 그래도 괜찮을까? 이렇게 이긴들 뭐가 남을까? 나는 시합에서 이기기 위해 도그레그스에 있는 게 아니었다.

어느 사이엔가 박치기 경쟁이 시작되었다.

쿵. 쿵. 쿵. 쾅. 쾅. 쾅.

무네오가 유도했는지, 아니면 내가 그랬는지, 계기는 모르겠다. 하지만 아마 둘이 미리 짠 것처럼 시작했을 것이다. 그렇지 않다면, 수십 번이나 박치기를 계속할 수는 없었을 테니까.

뼈와 뼈가 부딪쳤다. 묵직한 통증이 느껴지는 동시에 눈앞에 날카로운 빛이 번뜩였다. 안티테제 기타지마의 주먹이 연달아 반짝이는 찰나의 빛이었다면, 무네오의 박치기는 시간을 두고 작열하는 무거운 빛이었다. 시합이 끝난 뒤 관객에게서 이런 말을 들었다. "뼈와 뼈가 부딪치니까 엄청 딱딱하고 무거운 것끼리 부딪치는 소리가 나는데… 꼭 교통사고 같다고 할까… 너무 아플 것 같아서 듣기 힘들었어요."

무네오의 이마가 부어올랐다. 콧등이 찢어져서 피가 흘렀다. 하지만 기세는 조금도 꺾이지 않았다. 무네오는 스모부였기 때문인지 박치기가 익숙한 것 같았다. 묵직한 통증과 빛이 이어졌다. 언제까지 계속해야 할까, 무네오는 아직 포기하지 않은 건가.

조금이나마 통증을 덜려고 무의식중에 이마 중앙을 피해서 왼쪽 관자놀이로 박치기를 했는지, 왼쪽 눈꺼풀 주변이 부어올랐다. 시야가 좁아졌다. 입 안에는 피 맛이 가득했다.

아픔을 참을 수 없어서 떨어지려 했지만, 무네오는 도망치는 내 머리를 끌어안더니 다시 박치기를 유도했다. 욕을 하며 이를 악물고 박치기 경쟁을 재개했다.

이번에도 콘택트렌즈는 일찌감치 첫 박치기 때 벗겨졌다. 정말 툭하면 벗겨지는 렌즈. 머리를 부딪치고 서로 이마를 비비는 찰나에 무네오의 이글거리는 강렬한 눈빛만 잘 보였다.

한순간, 정신을 잃었다. 다시 눈을 떴을 때는 심판이 시합 종료를 선언한 뒤였다.

8분 19초 동안 이뤄진 시합이었다.

○ ○ ○

링에 쓰러진 채 의사의 처치를 받으면서 허탈해했다. 뿌연 시야의 구석에 무네오가 팔을 들고 승리 세리머니를 하는 게 보였다.

손발의 벨트를 푼 다음 링 위에서 무네오를 촬영하려 했다. 하지만 심하게 부은 왼쪽 눈꺼풀이 시야를 가리는 탓에 파인 더를 들여다봐도 아무것도 보이지 않았다. 익숙하지 않은 오른눈으로 파인더를 봤지만, 콘택트렌즈가 벗겨져서 역시 전혀 안 보였다. 초점이 맞는지 어떤지도 모르는 채 감으로 초점을 짐작하며 사진을 찍었다.

그 사진 한 장이 대전 상대를 링 위에서 촬영한 초상 사진 시리즈의 시작이 되었고, 지금까지 시합마다 이어지고 있다.

초점이 괜찮을지 불안했지만 현상한 사진을 보니 제대로 찍혀 있었고, 무엇보다 무네오의 표정이 정말 보기 좋았다.

시합 직후의 피곤하고 나른한 분위기. 콧등이 찢어져서 주르륵 흐르는 붉은 피. 박치기를 반복한 탓에 이마에서 일어난 내출혈. 옅은 미소. 격렬한 시합 뒤라고는 믿기지 않을 만큼 그 사진에는 조용하고 평안한 분위기가 가득했다. 그 얼굴이 무네오와 함께한 시합이라는 '대화'가 얼마나 농밀했는지 말해주었다.

시합 때는 단 한 마디 말도 오가지 않았다. 하지만 수십 시간을 대화하며 전하는 것보다 깊은 것이 마음에 닿았다고 실감했다. 실제로 그때부터 무네오와는 사이가 좋다.

몸을 통해서 서로 전하는 '목소리'가 있다. 몸만으로 대화할 수도 있다.

어렴풋하던 그 생각을 무네오의 사진이 눈에 보이는 형태로 증명해주었다.

새하얀 감탄

도그레그스에서는 이벤트를 앞두고 스파링을 한다. 내가 입단했을 때는 2개월에 한 차례 정도 이뤄졌다. 장소는 주로 히카리가오카의 주민회관인데, 오래된 단층집 같은 실내에는 체육 수업에 쓸 법한 매트가 가득 깔려 있다. 다 같이 그곳에서 연습에 힘쓴다. 매번 대충 스무 명은 모인다.

스파링에 모이는 레슬러는 모두 장애인이었다. 뇌성마비, 청각장애, 지체 부자유, 내부장애, 정신장애, 은둔형 외톨이 등 사정은 각자 다르다. 관계자나 보호자 등 비장애인도 있을 텐데, 그 자리에서는 누가 장애인이고 누가 비장애인인지 한눈에 알 수 없다. 그런 분위기가 좋았다.

모두 자기가 하고 싶은 대로 연습을 한다. 각자 다른 장애가 있기 때문에 당연히 몸의 움직임도 다르다. 의족을 차도 저렇게 움직일 수 있구나, 저 사람은 휠체어에서 내리면 저렇게 이동하는구나. 미지의 몸을 알아가는 즐거움이 있다.

특히 '노심퍼시'라는 레슬러가 움직이는 방식을 좋아한다. 노심퍼시는 뇌성마비 장애인이다. 시합 중 특기는 전신을 이용해 뛰어올라 높은 곳에서 떨어지며 내려치는 타격이다. 노심퍼시의 온몸은 군더더기를 모두 깎아낸 그리스 조각상처럼 매끈하다. 뇌성마비는 근육이 계속 긴장하고 있는 상태라 그렇다고 한다. 그런 몸이 역동적으로 움직이는 모습은 더욱 아름답다.

선배가 신입에게 기술을 가르치거나, 아이와 함께 게임을 하거나, 낮잠을 자거나, 이벤트에서 쓸 홍보 영상을 깔깔대며 촬영하거나. 마치 친척이 모인 듯 스파링은 느긋한 분위기로 이뤄진다.

나는 서투른 관절기를 10년 넘는 경력의 갓 파더나 안티테제 기타지마에게 배웠다. 늘 비명을 지르며.

어느 날 스파링 도중의 쉬는 시간, 입구 옆에서 복면 레슬러 '격·오타마'가 의족을 정비하고 있었다. 격·오타마는 당뇨병 때문에 한쪽 눈의 시력과 왼쪽 다리의 무릎 아래를 잃었다. 오타마는 의족 안을 닦고 다리에 맞춰보는 중이었다.

나는 의족을 본 적이 없었기 때문에 점심인 주먹밥을 한입 가득 먹으며 그 모습을 보고 있었다.

바로 옆 매트에서는 안티테제 기타지마가 삼보 신타로에게 다리 4자 굳히기를 걸고 있었다. 삼보 신타로는 고통에 얼굴을 일그러뜨리며 바닥을 두드려 항복했지만, 안티테제 기타지마는 웃으면서 더욱 세게 기술을 걸었다. 거기에 벌레 같은 고로가 합세해서 팔 4자 굳히기까지 걸었다. 타고난 까만 얼굴이 새빨개진 삼보 신타로는 불평을 터뜨렸다.

스파링에 참여한 모두가 그 콩트 같은 장면을 보고 웃음을 터뜨렸다. 휠체어가 흔들릴 만큼 웃는 사람도 있었다. 격·오타마도 복면 틈으로 보이는 입이 웃고 있었다.

그때, 커튼이 부풀었다. 스파링의 열기가 감도는 실내에 기분 좋은 바람이 불어왔다. 격·오타마는 졸린 사람 같은 느릿한 동작으로 왼쪽 다리에 의족을 차려고 했다. 그의 움직임과 어우러지듯이 바람을 맞은 커튼이 부드럽게 부풀어 올랐다. '하아.' 머릿속으로 감탄했다. '아름답다.' 혹은 '좋다.'처럼 자의식에서 비롯된 것보다 훨씬 원초적인 새하얀 감탄이었다.

나도 모르는 새 셔터를 누르고 있었다.

그것은 '찍는다.'나 '찍었다.' 하고 노력하는 느낌이 아니었다. 그보다 '이끌렸다.'라는 표현이 어울렸다. 봉오리가 활짝

열려 꽃이 되듯이 자연스럽게 셔터를 누르고 있었고, 그와 동시에 '아, 좋은 사진을 찍었다.' 하고 직감했다.

그 좋은 느낌에 부정한 생각이 슬쩍 떠올랐다. '조금만 더 파고들어서 찍어보면 더 좋은 사진이 나오지 않을까.' 사냥감을 보고 입맛을 다시듯이 몇 장 더 찍었다.

결과부터 말하면, 첫 한 장을 제외하고는 모두 구도에 집착하는 의도가 빤히 보이는 얄팍한 사진이 찍혔다. '새하얀 감탄'에 이끌려서 찍은 첫 사진에는 전혀 미치지 못했다.

○ ○ ○

새하얀 감탄은 참 기분 좋은 것이었다. 자연스레 불어오는 바람처럼 힘을 완전히 뺀 상태에서 좋은 사진을 맞이했다. 내 의지와 생각을 끼워 넣지 않고 촬영한 것은 처음이었다.

그렇게 찍는 방법도 있다는 것을 의식한 상태에서 다시금 내 사진을 돌이켜보았다. '균형이 안 좋아.' '빛이 별로야.' '좀 타이밍이 어긋났나.' '일단 찍어두자.' '색이 안 좋아.' 이처럼 머릿속으로 계산하며 찍어왔다는 것을 깨달았다.

주민회관의 한구석에 있는 격·오타마와 커튼. 분명 그 당시의 나는 사진에 찍힌 것을 보고 있었다. 하지만 그 바로 옆에는 도그레그스 사람들이 있었다. 하늘 꼭대기에서 조금 내려온 태양의 빛, 온화한 날씨, 커튼을 부풀리는 시원한 바람, 실내에 울리는 웃음소리. 나는 도그레그스의 모두가 휴식하는 공간을 진심으로 신뢰하고 있었다.

오래전의 정경을 추억하면서 '아아.' 하고 감탄했다.

좋다고 여겨지는 사진을 찍기 위해 필요한 것이 있다면, 그것은 기술이나 성능 좋은 카메라, 말로 표현하는 딱딱한 이론 따위가 아니었다.

내가 지금 있는 공간, 그리고 눈앞의 존재를 향한 비할 데 없는 신뢰가 있으면 충분했다.

바람도 빛도 웃음소리도, 공간에 가득한 분위기도, 감정도, 신뢰도, 인간관계도, 애정도, 사진에는 결코 찍히지 않는다. 하지만 그렇다고 해서 그 전부가 무의미하다는 말은 아니다. 한 장의 사진을 더욱 좋게 만들어주는 버팀목은 바로 그 사진에 찍히지 않은 것들이다.

'돌아보면 나를 지켜봐주는 사람이 있다.' 하는 신뢰를 품은 어린아이일수록 자신감을 갖고 더 깊이 더 멀리 여행을 떠날 수 있다고 한다. 지금 있는 세계를 향한 신뢰가 깊으면 깊을수록 사진 역시 타인의 마음을 건너는 여행을 나설 수 있다.

목소리 피어나다

。

　그 여자와는 2009년에 열린 도그레그스의 제78회 이벤트 '여기까지 살겠다'에서 처음 만났다. 링네임은 '레이코霊子'. 직업이 간호사였기에 그런 이름을 지었다는 것 같았다.[•]

　간호사 유니폼을 입고 새하얗게 분을 칠한 얼굴에 검정 립스틱을 바른 풍모는 그야말로 '레이코'다웠다.

　레이코 씨는 근위축증이었다. 마흔을 갓 넘었을 무렵에 증상이 나타났다고 했다. 시합 전에 흘러나오는 홍보 영상을 보고 간호사로 일하던 젊은 시절에 40킬로그램이었던 체중이 세 배로 늘어났다는 것을 알았다. 절묘한 링네임과 한번 보면 잊기 힘든 인상적 풍모가 어우러져 '대단한 레슬러가 나타났

[•]　일본의 서브컬처에서는 종종 여성 유령 캐릭터에 레이코라는 이름을 붙인다.

구나.'라고 생각했다.

휠체어에서 내려 링에 오른 레이코 씨는 넙죽 엎드리더니 손발로 천천히 걸었다.

레이코 씨의 상대는 중증 뇌성마비 당사자 라망. 거의 움직이지 못하는 두 레슬러가 대체 어떤 공방전을 펼칠까 궁금해 마른침을 삼켰다. 레이코 씨의 공격 방법은 '몸으로 누르기'였다. 천천히 느릿하게 라망을 덮쳤다. 레이코 씨가 올라타면 라망은 도망칠 길이 없었다. 나 역시 힘들었을 것 같다. 레이코 씨 밑에 깔린 라망은 그저 다리를 버둥거릴 뿐이었다.

조용한 시합이었다. 그 전까지 유혈이 낭자하는 격렬한 진검 승부가 이어졌는데, 그 엄청난 차이 때문에 외려 신선했다.

시합 내내 레이코 씨의 표정은 온화했다. 움직임에서는 기품이 느껴졌고, 미소를 잃지 않는 듯이 보였다. 병 때문에 표정을 짓기 어려운 것인지도 몰랐지만, 데뷔 시합에서 그처럼 표정이 온화한 사람은 본 적이 없었다.

도그레그스의 홈페이지에서 시합 결과를 보니 이렇게 쓰여 있었다.

"근위축증인 레이코는 첫 시합이면서도 체중과 간호사 경험을 살린 절묘한 '다리 봉쇄 작전'으로 라망에게 공격할 틈을 주지 않았다. 라망을 덮친 뒤로는 유두를 마사지하여 정신적

충격까지 입히는 일방적인 싸움이 전개되었다. 마지막에는 무릎 관절을 굳힌 레이코의 승리로 끝났다. '블랙 엔젤', 레이코의 거침없는 진격이 시작된 것 같다."

관객들이 모두 크게 웃은 이유가 납득되었다.

승리가 결정된 후 앉아서 천천히 손을 들어 만세를 하는 레이코 씨는 무척 귀여웠다. 나는 이미 그의 팬이 되어 있었다. 시합 후에 대기실에서 "축하해요!"라고 말을 건 게 첫 만남이었다.

레이코 씨는 지문자*를 할 줄 알았다. 간호사로 일할 때 배웠다고 했다. 다만 지문자를 10년 이상 쓰지 않았기 때문에 도중에 손이 멈추고는 했다. 머릿속으로 지문자 목록표를 떠올리는지 살짝 눈을 올려 뜨고는 골똘히 생각했다.

레이코 씨가 하려는 말을 추측해서 내가 먼저 말을 잇는 것은 쉬웠지만, 그러고 싶지 않았다. 레이코 씨가 지문자를 떠올리는 동안 주먹과 보자기 사이의 모양으로 허공에 멈춰 있는 손을 보는 것이 왠지 좋았기 때문이다.

이윽고 지문자가 떠오르면 레이코 씨의 손가락은 의미 있는 형태로 변해갔다.

---

* 글자 하나하나를 손과 손가락의 모양으로 나타내는 것. 언어별로 지문자가 다르다.

병 때문에 천천히, 하지만 정확하게 말을 자아내려 하는 지문자는 마치 피어나는 순간의 꽃 같았다. 봉오리 같은 주먹에서 하나의 문자가 피어났다.

꽃이 피어나듯이 목소리 역시 피어난다는 것을 알았다.

하나하나의 지문자가 쌓이고 연결되어서 말이 되어갔다.

지문자를 틀리지 않고 말을 마쳤을 때, 레이코 씨는 '해냈다.'라고 하듯이 미소를 지었다. 슬며시 입가가 올라가는 미소. 표정의 움직임치고는 정말 미세했지만, 그것만으로도 미소임을 알 수 있었다. 사람의 표정이란 정말 오묘하다.

레이코 씨와 만나는 날은 지문자의 목소리가 피어나는 속도에 감화되어서 내 수화도 느긋해졌다. 예상 외로 그 속도가 무척 편안했다.

o   o   o

내 사진집 『감동』*의 말미에는 고개를 숙이고 펜탁스67의 레버를 조작하는 내 사진이 실려 있다. 그다음 면에는 일회용 카메라로 사진을 찍는 레이코 씨를 정면에서 찍은 사진이 있

* 『感動』赤々舎 2011.

다. 이 사진들은 내가 사진가로서 마음에 새겨두어야 하는 소중한 것을 항상 떠올리게 해준다.

　그날은 좀처럼 외출하지 못하는 레이코 씨가 오랜만에 밖으로 나온 날이었다. 레이코 씨는 주조+条에 있는 도쿄도장애인종합스포츠센터에서 묵을 예정이었다.

　방문, 욕조, 화장실, 침대 등이 휠체어를 탄 채로도 쓰기 쉽게 설계된 완전한 배리어 프리barrier free 방이었다. 그런 방은 처음이라서 나는 실내를 이리저리 둘러보았다. "바닥도 벽도, 여러 가지가 매끈매끈한 게 좋은 방이네."라고 레이코 씨에게 필담으로 이야기했던 것이 묘하게 기억에 남아 있다.

　방에 들어온 레이코 씨는 무언가를 준비했다. 실내 견학을 마친 나는 준비가 끝나길 기다리면서 의자에 앉아 캔커피를 마셨다.

　가을의 기운이 조금씩 감도는 계절이었다. 졸음을 유발하는 듯한 황혼의 빛이 방 안을 가득 채웠다. 황혼으로 물든 방 한가운데에 레이코 씨가 있었고, 센터 직원에게 무언가 즐거운 듯이 이야기를 하고 있었다.

　그 광경이 왠지 무척 편안해서 사진에 담고 싶었다. 의자에 앉은 채로 찍으려 했지만, 카메라에 부착한 표준 렌즈로 찍기에는 너무 가까운 것 같았다. 좀더 실내를 넓게 담으려고 엉덩이를 꾹꾹 눌러 의자에 쏙 들어가 앉으려는 나를 보고 레이코 씨가 웃었다. 그리고 센터 직원에게 부탁해서 꺼낸 일회용 카메라로 나를 찍었다. 카메라를 들이대고 있는 레이코 씨를 내가 다시 찍었다. 그렇게 찍고 찍힌 사진이었다.

○ ○ ○

그 뒤에 레이코 씨, 레이코 씨의 친구, 센터 직원, 나, 이렇게 네 명이 산책을 했다.

사진을 찍거나, 공놀이를 하거나, 담배를 피웠다. 이동할 때는 내가 레이코 씨의 휠체어를 밀었다. 목이 말랐다. 레이코 씨도 목마른 것 같아서 잠시 쉬기로 했다.

벤치 옆에 마침 적절한 곳이 있어 휠체어를 세웠다. 센터 직원이 페트병의 빨대를 레이코 씨에게 물렸다. 다 마신 레이코 씨가 오른손을 들더니 무언가 손가락으로 가리키는 것 같은 행동을 시작했다. 손을 눈앞으로 가져와 빙글빙글 돌리고는 힘주어 눈을 깜박거렸다.

'음?'이라고 생각했다. 무슨 말을 하고 싶은지 알 수 없었다. 지문자를 부탁하려고 레이코 씨와 눈높이를 맞춰 몸을 숙인 순간, 석양의 강한 빛이 눈을 찔렀다. 눈을 꾹 감았다. 망막에 빛이 새겨져서 눈앞이 흐릿했다.

석양을 직시하는 방향으로 레이코 씨의 휠체어를 세워둔 것을 깨달았다. 허둥지둥 햇빛이 얼굴에 닿지 않는 곳으로 휠체어를 옮겼다.

"눈부셨죠. 미안해요! 눈 괜찮아요?" 이와 비슷한 말을 건넸다. 그러자 레이코 씨는 "아냐, 아냐."라는 듯이 천천히 고개를 가로저었다.

그리고 지문자를 시작했다.

느릿느릿 피어난 지문자가 내게 전했다. "예" "쁘" "다"라고.

정신이 번쩍 들었다. 그대로 무릎을 꿇고 레이코 씨의 눈높이에서 다시금 태양을 봤다.

저물어가는 태양은 황금빛이었다. 눈을 가늘게 뜨고 레이코 씨를 바라봤다. 레이코 씨는 다른 사람들과 공을 주고받으며 놀고 있었다.

여기도 저기도 황금빛으로 물든 광경에 녹아드는 레이코 씨.

그 정경에 이끌리듯이 태양과 나란히 있는 레이코 씨를 찍으려고 했다. 카메라를 들이대자 석양이 망막을 꿰뚫었다. 아플 정도로 눈부셨다. 하얀 어둠이 퍼져갔다. 하지만 초점을 맞추기 위해 파인더에서 넘쳐나는 빛 속으로 시선을 집중해 공을 던지는 레이코 씨의 윤곽을 똑바로 응시했다.

일단 빛이 닿지 않는 곳으로 피해서 초점을 맞춘 다음에 찍는 방법도 있었다. 대부분 당연히 그렇게 했을 것이다. 하지만 그때는 그런 생각이 전혀 들지 않았다. 아니, 그렇게 해서는 안 됐다.

레이코 씨의 "예" "쁘" "다"라는 말이 이끌어준 정경이니까 거기서 움직이지 않고 태양과 나란히 있는 레이코 씨를 찍는 게 내가 지켜야 하는 도리였다.

나중에 현상한 필름을 보고 깜짝 놀랐다.

렌즈 속에서 빛이 난반사되어 나타나는 플레어가 찍혀 있었는데, 레이코 씨와 절묘하게 어우러져서 완벽한 사진으로 완성되어 있었다.

촬영 막바지에는 초점을 맞추는 데 필사적이라 플레어의 존재를 눈치채지 못했기에 놀라움이 한층 더 컸다. 하나의 화상으로서 완성도가 대단히 높아서 나조차도 문득 '이런 사진이 되도록 의도했던가.'라고 생각했지만, 역시 테크닉을 신경 써서는 결코 찍을 수 없는 사진이었다.

레이코 씨와 주고받는 '지금'에만 매진했기에 그 사진을 개척할 수 있었다.

그때 찍은 사진이 지금도 계속되고 있는 역광 초상 사진 시리즈 '절대絕對'의 시초가 되었다.

그날로부터 몇 달 뒤, 레이코 씨는 세상을 떠났다.

레이코 씨가 눈감고 1년 뒤, 사진집 『감동』을 구성하는데 배리어 프리 방에서 레이코 씨가 찍어준 사진이 몹시 신경 쓰였다. 레이코 씨의 따님에게 부탁해서 네거티브 필름을 받았다.

레이코 씨가 찍어준 '나'는 고개를 숙인 채 살짝 웃고 있었다. 그 사진을 찍기 직전 나눈 대화의 흔적이었다.

사진 찍히는 걸 그토록 싫어했는데, 어느 사이에, 이렇게나, 부드러운 표정으로.

사진에 담긴 사람은 틀림없이 '나'였다. 처음으로, 오랫동안, 바라볼 수 있는 내 모습이었다. 사진에 남은 내 모습을 통해서 그날 촬영의 흐름, 감정, 공간의 분위기, 온도, 레이코 씨의 체온 같은 기억이 되살아났다. 기억은 얼어붙지 않는다. 그 사실을 처음으로 실감하게 해준 사진이었다.

사진은 아무 말도 하지 않는다. 하지만 돌이킬 수 없는 순간을 티 없는 풍경이 펼쳐지는 창으로 그 자리에 있게끔 하는 터무니없는 힘이 사진에는 있다. 그 사진 덕에 사진의 가능성을 믿을 수 있었다.

레이코 씨, 사진을 찍어주어서 고마워요.

처음으로 사진에 감사를 전했다.

이제 피어나는 지문자는 더 이상 볼 수 없다.

그렇지만 방 안에서 서로를 찍은 소소한 사진들과 역광 속에서 바라본 옆얼굴을 담은 한 장의 사진은 내가 사진을 대하는 자세를, 나아가 생명을 마주하는 자세를 굳건히 받쳐주고 있다.

3

역시 세계는 아름답구나

고등학교에 입학하고 얼마 지나지 않아 아르바이트를 시작했다. 고깃집에서 설거지를 주말 이틀 포함 주 4일 했는데, 시급은 850엔이었다. 평일에는 육상부 연습이 끝난 뒤 저녁 장사 준비부터 시작해 밤 10시까지 일했고, 주말에는 거의 풀타임으로 했다. 매일매일 꽤 바빴다.

학교에서 일하던 곳까지 자전거로 10분 정도 걸렸다. 근처에 공터가 널찍해서 마음에 드는 공원이 있었는데, 육상부 활동이 없는 날은 그곳에서 출근 시간까지 쉬었다. 늘 출출함을 달래려고 초코칩 멜론빵을 먹으며 커피우유를 마셨다.

고등학년 1학년의 초여름이었다. 어느 날, 공원에서 쉬는데 신기한 소년이 눈에 들어왔다.

초등학교 저학년일까. 소년은 삼각뿔 모양의 놀이기구 꼭

대기에 우뚝 서서 손을 들고 하늘을 올려다보았다. 햇빛을 막으려는 듯 손바닥으로 얼굴을 가리고 있었다. 피아노를 치는 것처럼 손가락이 산들산들 움직였다.

소년의 시선을 따라가봤지만, 그저 하늘밖에 없었다.

주위에서 노는 아이들과 부모들이 소년을 신기한 듯이 바라봤다. 나도 초코칩 멜론빵을 먹는 동안 계속 소년을 봤다. 그런 시선들을 완전히 무시한 채 소년은 조금씩 몸을 흔들며 쉬지 않고 손을 움직였다. 옅은 미소도 짓고 있었다.

출근 시간이 가까워져서 '별난 아이네.'라고만 생각하며 공원을 떠났다.

그 뒤로 소년을 본 적은 없다.

도대체 어디서 이렇게 나오나 생각하면서 쉬지 않고 쏟아지는 구이용 망과 접시를 닦았다. 망에 낀 석탄 같은 고기 찌꺼기와 끈질기게 들러붙은 기름때를 깨끗하게 닦아내는 법을 고안하며 하는 설거지는 의외로 재미있었다. 하지만 기본적으로 계속 잠자코 해야 하는 일이라서 지루했다.

꽤 시간이 지나지 않았을까 싶어도 아르바이트를 하면 시간이 좀처럼 가지 않았다. 그만두고 싶다, 그만두고 싶다 생각하면서도 조건이 맞는 아르바이트를 금방 찾지 못할 것 같아서 그냥 참고 다녔다.

　그 무렵에는 항상 참았던 것 같다. 참는 것 자체가 나쁘지는 않다. 예컨대 어떤 종류의 '끈기'는 강인하고 줏대 있게 살기 위해서 꼭 필요한 미학이라고 생각한다. 하지만 당시에 내가 했던 '참기'는 인생에 필요한 것이 아니었다. '청인의 생각이 당연히 옳을 테니까 내 의견은 내지 말자.'라고 생각하며 마음에 뚜껑을 덮고 인간관계에 풍파가 일지 않도록 했을 뿐이었다.

　'이렇게 바꾸면 일이 좀더 편해질 텐데.' 또는 '저건 비겁하네.' 등 일을 하다 보면 의견을 내고 싶은 순간이 반드시 있다. 그럴 때도 필사적으로 의견을 억눌렀다.

　그런 참기는 일을 대하는 에너지를 깎아낸다. 아르바이트에 채용된 첫날에는 '내가 일한 만큼 돈을 받을 수 있어. 열심히 해야지.'라고 의욕을 반짝였지만, 사소한 의견을 참는 사이에 점점 마음도 침울해졌다.

○　○　○

　샤쿠지이농학교는 항상 즐거웠기 때문에 좀더 친구들과 이야기하고 싶다는 아쉬움을 질질 끌면서 아르바이트로 향했다. 그래서 더더욱 우울했다. '가기 싫다.'라고 공원에서 괴로워하던 어느 날, 불현듯 그 소년이 떠올랐다.

소년을 보고 몇 개월이 지나 여름이 끝나가던 무렵이었다.

일하러 가는 걸 최대한 늦추고 싶었기 때문에 시간이라도 때울 겸 소년이 했던 행동을 따라 해보았다.

기억을 되살려 소년처럼 놀이기구 꼭대기에 서서 하늘을 올려다보았다. 끝없는 푸른 하늘과 저물녘이 머지않아 좀 낮은 위치에 있는 태양이 보였다. 햇빛이 똑바로 쏟아졌다. 분명히 소년은 태양을 직시하고 있었다. 눈부셨다. 너무 눈부셨다. 눈을 가늘게 떴다. 햇빛을 막기 위해서 자연스레 얼굴 앞으로 손바닥을 가져갔다.

소년의 동작과 일치한 것 같았다. '아, 그 애는 태양을 보고 있었나.' 손가락을 움직였던 것도 기억났기 때문에 똑같이 재현해보았다.

그러자 강렬했던 햇살이 무척 부드러운 빛이 되어 반짝였다. 울창한 숲에서 나뭇가지 사이로 비치는 햇빛처럼 손가락 틈으로 포근한 빛이 흘러넘쳤다. 치지지지, 반짝반짝, 딸랑딸랑, 차자자자. 사뿐사뿐 뛰는 살아 있는 빛이었다.

놀이기구 꼭대기에 서 있으니 바람도 시원하게 불어왔다.

'오오.'라고 생각했다. 의외로, 아니, 굉장히 기분이 좋았다.

아르바이트를 앞두고 우울했던 마음이 밝아졌다.

그 소년이 왜 그렇게 이 행동에 푹 빠져 있었는지 알 것 같았다.

기분 좋은 빛을 본 덕에 그날은 아르바이트에 갈 수 있었다. 그해 크리스마스부터 연말과 새해까지 이어진 성수기의 격무를 거친 끝에 더 이상 참기 힘들어 결국 그만둬버렸지만.

○　○　○

서른 살 때, '자폐성 장애인 아들을 촬영해주었으면 한다.'라는 의뢰를 받았다.

자폐성 장애에 대해 아무것도 몰랐기 때문에 의뢰인인 어머니에게서 관련한 책들을 빌려 모조리 읽었다. 그중에 중증 자폐성 장애 당사자인 히가시다 나오키가 쓴 『나는 왜 팔짝팔짝 뛸까?』가 있었다.

책에는 자폐성 장애 당사자들이 종종 보이는 행동에 관한 질문에 히가시다 씨가 답변하는 부분이 있었다. 그중 한 질문을 보고 "아!" 하고 소리를 높였다.

박재국 · 김혜리 · 고등영 옮김, 시그마프레스 2010. (절판 도서)

역시 세계는 아름답구나

"손바닥을 산들산들 흔드는 이유는 뭔가요?"

"그건 빛이 기분 좋게 눈 속으로 들어오도록 하려는 것입니다.

우리가 보는 빛은 달빛처럼 부드럽고 따뜻한 것입니다. 있는 그대로의 햇빛은 곧장 눈에 날아들기 때문에 빛의 알갱이가 너무 잘 보여서 눈이 아픕니다.

그렇지만 햇빛을 보기 싫은 건 아닙니다. 빛은 우리의 눈물을 지워주기 때문입니다. 빛을 보고 있으면 우리는 무척 행복해집니다. 아마 내리쬐는 빛의 분자가 정말 좋은가 봅니다.

분자가 우리를 위로해줍니다. 그건 이론으로는 설명할 수 없습니다."

이제는 확인할 길이 없지만, 고등학생 시절 공원에서 보았던 소년은 자폐성 장애였는지도 모른다. 히가시다 씨의 답변을 되풀이해서 읽으며 그날, 그 장소, 그 하늘 아래에서 소년이 보았을 광경을 그려봤다.

그날은 날씨가 무척 맑았다. 햇살이 강하고 뜨거웠지만, 바람이 세게 불어서 약간 쌀쌀한 게 딱 좋았다. 그런 계절이었다.

아아, 그날, 그 빛을 향해서 손바닥을 대고 보면 틀림없이 예뻤을 거야.

'별난 아이네.'라는 생각이 완전히 뒤집혔다.

공원의 소년은 개성 강한 이단자가 아니었다. 그가 보는 세계를 내 관점이 쫓아가지 못했을 뿐이었다.

o   o   o

의뢰를 받고 소년과 몇 차례 만나서 촬영을 했다.

두 번째 만난 날, 소년이 장난감을 선물해주었다. 긴 막대의 양 끝에 아주 가느다랗고 컬러풀한 직사각형의 알루미늄필름이 달려 있었다. 막대를 돌리면 양 끝의 필름이 원심력 때문에 원반이나 호리병처럼 펴졌는데, 막대를 잘 돌려서 다양한 모양을 만들어보며 노는 장난감이었다.

나도 막대를 돌려보았는데, 컬러풀한 필름이 다양한 빛을 반짝반짝 반사하는 게 무척 예뻤다. 실은 내 취향이었다. 정말 마음에 들어서 그날은 장난감을 카메라 앞에 걸어두고 사진을 찍었다.

그날 촬영한 것 중에 특히 마음에 드는 사진이 있다. 부드럽게 흐린 다채로운 색이 화면을 절반 이상 덮고 있다. 무언가 감각이 과민해진 듯 꼼짝도 안 하는 소년을 안고 걷는 엄마의 등. 엄마의 어깨에 얼굴을 올린 소년이 눈썹을 찌푸리며 보내는 슬픈 눈빛이 보는 이를 찌르는 듯한 사진이다.

　그 사진 덕분에 나는 겨우 소년의 감정이 얼마나 풍부한지 알게 되었다.

　처음 만났을 때 소년의 표정은 딱딱했다. 내가 불러도 반응이 별로 없었다. 커뮤니케이션을 할 수 있을까. 솔직히 불안했다.

　그렇지만 불안해할 필요는 없었다. 내가 잘 읽어내지 못했을 뿐, 소년은 상대가 눈치챌 수 있도록 분명히 감정을 표정과 행동에 담아 드러내고 있었다.

　한번은 내가 뒤에서 자동차가 접근하는 걸 몰랐던 적이 있었다. 그때 소년은 눈썹을 일그러뜨리고 눈을 크게 떠서 "위험해."라는 듯한 뉘앙스를 담아 나를 바라보았다.

　소년의 어머니가 일기 삼아 매일 만들고 있다는 사진 앨범을 보면서 "이 사진 멋있게 찍혔다."라고 말했을 때, 아주 살짝 올라간 입꼬리. 평소라면 미소라고 생각지 않을 정도로 조금 올라간 입꼬리. 하지만 소년에게는 보기 좋은 미소였다.

　처음 만난 날, 내 커다란 카메라를 흥미로워하길래 쥐여주고 사용법을 가르쳐준 다음 한 장 찍게 했다. 펜탁스67 셔터의 무거운 울림에 깜짝 놀랐는지 깜빡이던 눈꺼풀.

소년은 아무것도 느끼지 못하는 것이 아니었다. 오히려 터무니없을 만큼 성실했다. 세계가 보내는 정보를 빠짐없이 하나하나 성실하게 느끼려 했기 때문에 오히려 꼼짝 안 하게 되거나 표정이 경직된 것이다.

차마 말로 할 수 없는 시원始原이 눈앞에 있다는 것을 그는 알고 있었다. 우리가 단순히 일상이라고 치부하는 흔한 것도 본래는 말로 할 수 없는 것이다. 왜 저것이 저기에 있을까? 왜 저것을 지금 나는 보고 있을까? 그들은 이런 의문을 항상 품고 있다. 그렇기 때문에 조용히, 시간을 들여서, 말을 자아내려 한다.

손을 들어 빛을 올려다본 소년을 보고, 장난감을 준 소년과 만나고, 히가시다 나오키 씨의 글을 읽으면서 나는 한 가지 도리道理를 알게 되었다.

아무리 표정과 동작과 자아내는 말이 변변찮고 어색하게 느껴진다 해도, 절대로 그 사람의 내면까지 변변찮다고 단언할 수는 없다. 변변찮게 보이는 것은 변변찮은 척도로밖에 가늠하지 못하는 내 탓이다. 말로 할 수 없는 부분이 있는 존재에야말로 더더욱 풍요가 있는 법이다. 그렇게 본질을 꿰뚫어 봐야 한다고 생각했다.

최소한 첫 만남부터 미지의 타인을 풍요 그 자체로 대하려 한다. 그래도 좋지 않은 일은 전혀 없다. 있을 리가 없다. 특히 나는 상대방의 말을 알기 어렵기 때문에 일단 나부터 몸과 마음을 모두 열어서 비할 데 없는 환대의 자세를 취하지 않으면 안 된다.

손을 들어 빛을 올려다본 소년의 마음을 지금이라면 조금이나마 알 것 같다.

역시 세계는 아름답구나.

몸의 목소리

여름도 끝을 맞이하고 가을의 향기가 풍기는 계절이었다. 나는 여러 장애인 시설의 연합 운동회가 열리는 체육관에 있었다.

스물네 살 무렵에 매주 놀러 가던 시설이 있었다. 그곳에서 "이번에 운동회를 하는데 보러 올래?"라고 불러주었다. 일주일 뒤 체육관에 가보았는데, 참가자만 100명은 되었을까. 관계자와 보호자까지 포함하면 200명이 넘었다. 생각보다 훨씬 큰 운동회였다.

운동회는 여러 장애를 지닌 사람들이 각자 좋을 대로 움직여서 북적북적했다. 물건 빌리기 경주, 50미터 달리기, 빵 먹기 경주 등이 펼쳐졌는데, 참가자 한 명 한 명의 장애가 달랐기 때문에 선수가 바뀔 때마다 새로운 드라마가 시작되어서 재미있었다.

예를 들어 달리기. 출발하자마자 전력 질주로 승리를 노리는 야심만만한 사람이 있는가 하면, 승패에 전혀 연연하지 않고 출발선에 선 채 졸린 듯이 하품을 하는 사람도 있었다. 어떤 사람은 출발과 동시에 엉뚱한 방향으로 달려서 보호자가 쫓아가기도 했고, 또 다른 사람은 경기 중에 옆 레인 선수와 수다가 시작되어 멈춰 서기도 했다. 생각지 못한 행동이 여기저기서 속출했다. 아무리 봐도 질리지 않았다.

당연히 그런 모습을 촬영하고 싶었지만 시설 직원이 "다른 시설 사람의 얼굴이 찍힌 사진은 공개 허가를 받을 수 없을지 모르니까 우리 시설 사람 외에는 찍지 말아줘."라고 주의를 주었기 때문에 의욕을 억누른 채 카메라를 옆구리에 끼고 바닥에 앉아서 경기를 지켜봤다.

내 곁에는 휠체어에 앉은 남성이 있었다.

다운증후군인 그는 항상 싱글싱글 웃었다. 시설에 놀러 가서 인사를 하거나 카메라를 들이대면 터질 듯한 함박웃음을 지어주었다. 그가 보청기를 끼고 있다는 점에서도 개인적으로 친근감을 느꼈다. 그래서 그의 곁에 앉아 있었다.

그는 경기를 즐겁게 보면서 손뼉을 치며 응원했다. 승리를 기뻐하는 사람을 보면 자신도 기쁜 듯이 실눈을 뜨고 웃으며 힘껏 박수를 보냈다. 패해서 분해하는 사람을 봤을 때도 역시 있는 힘껏 박수를 쳐주었다. 승패라는 개념을 전혀 다른 시점으로 보며 응원하는 모습이 마음속 깊이 와닿았다.

○ ○ ○

잠시 뒤, 어디선가 누군가가 그의 옆에 다가왔다. 누군지 봤더니 같은 시설의 이용자였다. 문득 보면 그의 곁에 있을 때가 많은 친구였다.

토 옹 토 옹 토 옹.

그 친구는 손바닥으로 휠체어에 앉은 그의 어깨를 리드미컬하게 두드렸다. 그 리듬에는 아주 짧은 간격이 불가사의하게 있었다. 친구는 그와 바짝 얼굴을 맞대면서 끄덕끄덕 고개를 움직였다. 친구의 끄덕임에 호응하듯이 휠체어에 앉은 그는 상반신을 스윽 앞으로 기울였다. 휠체어에서 떨어지지 않을까 걱정될 만큼 기울인 그의 몸을 친구가 온몸으로 잡아내듯이 끌어안았다. 그도 친구의 등에 팔을 둘러 끌어안았다. 그대로 움직이지 않았다.

이따금씩 등으로 돌린 팔이 타 앙 타 앙 타 앙 하고 독특한 리듬으로 뛰었다.

잠시 동안, 또 잠시 동안 둘은 움직이지 않았다. 가벼운 포옹이라고 생각했던 나는 조금 놀라면서 두 사람에게 주목했다.

자세히 보니, 자세를 유지한 채 두 사람은 무언가 서로 속삭이고 있었다.

기분 좋게 웃으면서 속닥속닥, 키득키득. 속삭임이 오갔다.

한 경기가 끝날 때까지 그 둘은 움직이지 않았다. 최소 5분 이상 안고 있었던 것 같다.

그들은 서로 딱 달라붙듯이 끌어안았다.

두 사람이 주고받는 인사는 보기만 해도 따스함이 전해졌다.

그가 보청기를 통해서 얼마나 듣는지는 몰랐다. 하지만 저렇게 달라붙듯이 밀착한다면 들리는지 여부는 그렇게 중요한 문제가 아닐 것이라고 생각했다.

두 사람의 모습에 빠져들수록 뒤에서 벌어지고 있는 운동회는 의식에서 멀어졌다.

이윽고, 두 사람밖에 보이지 않았다.

하늘로 떨어지는 것 같았다.

그런 생생한 느낌에 따라 두 사람과 체육관 천장을 넓게 담아서 사진을 찍었다.

그때 그가 내 시선, 아니 카메라를 눈치채고는 웃으며 손을

흔들었다. 두 사람이 있는 세계의 온기를 내게도 나눠준 것 같아서 무척 기뻐하며 그 모습도 찍었다.

○ ○ ○

잠시 뒤, 친구는 슬며시 떨어지더니 훌쩍 어딘가로 걸어갔다. 곧바로 그가 나를 보고 까딱까딱 손짓하며 이리 오라고 불렀다. 뭘까 생각했는데 그가 상반신을 기울였다. '아, 나도? 어? 괜찮아?' 주저했지만 어느새 나도 인사를 하게 되었다.

아까 매료되었던 인사의 흐름을 되새기면서 그의 몸을 끌어안으려고 했다. 하지만 휠체어 이곳저곳에 손과 팔꿈치가 탁탁 부딪쳤다. 아까 친구는 무척 부드럽게 끌어안았는데. 다른 것은 건드리지 않고 '몸만' 안았었다. 그렇게 '몸만' 안는 것이 어려웠다. 어떻게 해도 내 몸 어딘가가 휠체어에 꼴사납게 부딪쳤다. 그래도 간신히 끌어안자 그도 나를 안아주었다. 전신이 꼭 감싸였다. 힘만 꽉 주어 끌어안는 포옹이 아니었다. 장애 때문에 일어나는 근육의 긴장과는 다른, 타인을 배려하는 따뜻한 마음이 담겨 있었다.

호수에서 손으로 물을 기를 때, 양손은 그저 맞대기만 하면 된다. 그러면 두 손바닥에 물이 찰랑찰랑 담긴다. 정해진 형태가 없는 액체를 받을 때는 두 손에 힘을 꽉 주지 않아도 된다. 살짝 맞대기만 하면 충분하다. 그는 그렇게 나를 안았다.

타 앙 타 앙 타 앙. 타 앙 타 앙 타 앙.

등을 리드미컬하게 두드려주었다. 리듬이 등에서 헤엄치기 시작했다. 나도 흉내 내서 그의 등을 같은 리듬으로 두드리자 다시 그가 답해주었다. 타 앙 타 앙 타 앙 하는 메아리가 울렸다.

겨우 그러기만 했는데, 행복했다.

밀착한 이마와 등에서 진동이 느껴졌다. 친구와 그랬듯이 그가 무언가를 속삭이는 모양이었다. 물론 무슨 말을 하는지는 몰랐다. 하지만 몸으로 듣고 있다는 느낌은 충분히 들었다.

그에게 이 인사는 특별한 것이 아닐까 생각했다. 매일, 이를 닦듯이 많은 사람과 이 인사를 주고받는 것이 일과가 아닐까.

그가 슬며시 힘을 뺐다. 아, 벌써 끝인가. 이렇게 생각하며 몸을 뗐다. 여전히 그는 싱글싱글 웃고 있었다.

그와 나눈 인사는 처음부터 끝까지 3분 정도 걸렸을까. 잽싸게 하는 포옹이나 스치듯 끝나는 악수외에는 타인과 접촉할 기회가 없었던 내겐 기나긴 인사였다. 끝나고 나서 보니, 그와 나눈 인사의 자취가 은은히 밝게 빛나고 있었다.

그들은 체온을, 몸이 연주하는 리듬을, 표정과 행동이 빚어내는 것을, 모두 '목소리'로서 끌어안았다. 그런 생각이 들었다. 그들처럼 이야기하는 것도, 가능하다.

휠체어에 앉은 그와 인사를 한 뒤로 다양한 곳에서 많은 다운증후군 당사자들과 만나왔다. 그들 대부분은 깊이 끌어안으며 눈을 똑바로 바라보고 천천히 주의 깊게 인사해주었다. 은은한 빛이 가득했다. 다운증후군이라고 불리는 그들은, 몸의 목소리로 이야기하는 비법을 가장 잘 아는 존재들이었다. 그렇게 생각할 수밖에 없었다.

시선의 목소리

오사카의 사진전문학교를 중퇴한 후 니가타에 있는 산장에서 숙식을 하며 아르바이트를 반년 동안 하고 도쿄로 돌아왔다. '앞으로 어떻게 먹고사나.' 하는 생각에 지쳐서 공영주택 단지에 있는 본가에서 멍하니 몇 달 동안 백수로 지냈다.

학창 시절 친구들과 노느라 소홀히 했던 개 산책시키기도 백수라 한가했기 때문에 한 시간 넘게 실컷 했다. 전에는 대충 빨리 끝내던 산책이라 개도 깜짝 놀랐을 것이다.

산책 코스는 거의 정해져 있었다. 악천후라면 오줌과 똥만 싸게 하고 바로 돌아오는 최단 거리의 코스 ①, 날이 맑다면 호사롭게 멀리 도는 코스 ②, 맑은 데다 한가하며 기분까지 최고인 날에는 넉넉하게 두 시간은 걸리는 코스 ③으로 산책을 돌았다.

그날은 코스 ③이었다. 도중에 작은 미끄럼틀과 녹슨 운동 기구만 덩그러니 있는 쓸쓸한 공원이 있었다. 늘 그 공원 벤치에 앉아 목줄을 길게 늘여서 개가 자유롭게 움직이게 했다.

그날도 여느 때처럼 쉬고 있었는데, 공원 구석구석 냄새를 맡던 개가 벌레라도 발견했는지 갑자기 뛰기 시작했다. 급작스러운 일이라 목줄을 놓치고 말았다.

자유로워진 개는 기분 좋은지 공원을 뛰어다녔다. 목줄을 다시 잡으려 했지만 개가 점점 빨리 달리는 바람에 따라잡을 수 없었다. 꽤 멀리까지 뛰어간 개는 문득 자신의 행동이 제한되지 않는다는 사실을 깨달은 것 같았다. 목줄과 나, 그리고 주위를 번갈아 보더니 나를 향해 씩 웃었다. 웃은 것만 같았다.

개는 기세 좋게 공원에서 뛰쳐나갔다.

개가 향하는 곳은 교통량이 많은 큰길이었다. 개는 전에도 교통사고를 당해서 뒷다리가 골절된 적이 있었다. 그 일이 머릿속에 되살아나서 섬뜩했다.

"야, 야! 야아아!"

따라가면서 크게 불렀지만 아마 놀아준다고 생각했던 것 같다. 개는 기쁘다는 듯 귀를 뒤로 넘어뜨리고 꼬리를 흔들면서 더욱 세게 달려갔다. 점점 큰길이 가까워졌다. 가까이에 공사장이 있어서 트럭과 덤프트럭이 쉬지 않고 달리는 게 보였다.

또 차에 치일 거야. 그것도 훨씬 잔혹하게. 이런 상상에 공포가 격해졌다.

그저 부르는 것이 아니라 개의 몸을 노리고 있는 힘껏 소리를 질렀다.

소리를 지른 것과 거의 동시에 개가 우뚝 멈춰 섰다. 방금전까지 부른 건 뭐였나 싶을 만큼 허탈하게 멈췄다. 개는 그 자리에 앉아서 고개를 돌려 나를 보았다.

그 순간 본 개의 눈빛이 지금도 생생히 기억난다.

○ ○ ○

목소리가 전해진다는 것을 실감한 뒤, 자연스레 의지를 지닌 존재로서 개를 대하게 되었다. 그러자 그 전까지 내가 개를 대했던 방식은 그저 일방적으로 귀여워하며 애완동물로 다루는 오만에 불과했다는 걸 깨달았다.

개에게도 의지가 있다고는 전혀 생각하지 않았다.

그 전에도 개에게 말을 걸었지만, '알아들을 리가 없다'고 단정한 다음 내가 하고 싶은 말만 배출한 것이었다.

그때 내 마음 깊은 곳에는 '말을 강하게, 알기 쉽게, 막힘없이 하는 것이 인간의 가치를 결정한다.'라는 기준이 자리 잡고 있었다. 그 기준대로 보면 나는 개를 소중히 여긴다 하면서도 속으로는 말을 이해하지 못하는 짐승으로 치부했던 것이다.

그토록 위험한 생각이 있을까. 음성사회에서 제대로 말하지 못하는 나 자신에게도 그대로 되돌아올 생각이었다.

개와 함께 살기 시작한 초등학교 고학년 때, 나는 말이 통하지 않아 제대로 사람 취급을 받지 못하고 소외되는 데 스트레스가 심했다. 그 스트레스를 나보다 능력 없는 약한 존재를 만들어내어 해소했던 것이다. 그날 본 개의 시선이 그런 구도를 객관적으로 드러냈다. 부끄럽고 미안해서 어쩔 줄을 몰랐다.

그날 이후 개를 부를 때 목소리의 차이를 신경 쓰게 되었다.

산책을 나갈 때, 일단 "산책?"이라고 속삭이듯이 물어보면 귀가 쫑긋 선다. 눈을 깜박거린다. 꼬리를 천천히 크게 흔든다.

"산책…." 조금 주저하듯이 말하면, 벌떡 일어나서 '가자, 나가자.'라고 하듯이 짖는다. 눈썹을 찡그리고 좀 애처롭게.

"산책!" 결의하듯이 말하면, 눈이 밝게 빛난다. 꼬리를 격렬하게 흔들며 목줄을 물고 와서 방 안을 뛰어다닌다.

밖을 걸으면서 "산책이야."라고 말을 걸면, 빙글 고개를 돌려 나를 보며 "왕." 하고 한 번 짖는다.

외출했다가 집에 돌아와 현관에서 이름을 부르면, 탁자 아래에서 얼굴을 빼꼼 내민다.

배변 실수를 저질러서 화내며 이름을 부르면, 쪼르륵 책상 아래로 숨는다. 눈을 치켜뜨고 두리번거리며 눈치를 본다.

왠지 끌어안고 싶어서 달콤하게 이름을 부르면, '만지는 건 됐어요.' 하듯이 무시한다. 억지로 끌어당기려 하면, 이빨을 드러내며 위협한다.

간식 봉지를 들면서 이름을 부르면, 아무리 멀리라도 잽싸게 달려온다. 혀에서는 이미 침을 흘리고 있다.

이렇게 적고 보니 어쩜 하나같이 당연한 일들일까 싶지만 10년 동안이나 나는 그 당연한 일들을 눈치채지 못했다. 산책을 나갈 때만 해도 휴대전화를 만지작거리며 의무적으로 이름을 부르고, 다가온 개와 마주 보지도 않은 채 목줄을 채워서 무덤덤하게 집을 나섰다. 그러는 게 당연했다.

개는 언제나 조용히 시선으로 말하고 있었다.

개는 사람처럼 말하지 않는다. 검고 둥근 눈으로, 꼬리를 흔들며, 혀를 내밀며, 뜨거운 숨을 헉헉 내쉬며, 그저 바라본다.

그저 바라볼 뿐인데 나는 그 시선에서 많은 것을 읽어냈다.

배가 고프다고, 목이 마르다고, 놀고 싶다고, 저기로 가고 싶다고, 사람과 만나고 싶다고.

나는 울음소리에서 개의 생각을 읽어낼 수는 없었다. 그래서 조용히 내게 향하는 시선에서 개의 욕구를 알아차렸다. 일상의 일부로 녹아들어 대수롭지 않게 되었지만, 그것은 결코 당연한 일이 아니었다.

개의 시선에는 말도 아니고, 메시지라고도 할 수 없는, 무언가가 일어날 조짐으로서 목소리가 담겨 있었다. 그것에서 개의 의사를 알아챌 수 있었다. 그럼으로써 내 속에서 인간과 동물을 가로막던 경계선이 사라졌다.

개는 14년 9개월을 살고 죽었다.

관에 누운 개의 다 닫히지 않은 눈동자 깊은 곳에는 투명한 물빛이 가득했다. 그 눈동자의 색은 빛바래지 않은 채 지금도 내 내면의 중심을 맑고 푸르게 물들이고 있다.

마지막으로 손등을 핥아주었던 혀의 따뜻함, 털 한 가닥의 색, 가루가 된 뼈의 색은 잊지 못할 것이다. 시선에 꿰뚫린 날부터 작별하기까지 4년, 개에게 다시 배운 것이 수없이 많다.

두 여동생이 지은 개의 이름은 '러브'였다.

정말로, 사랑이었다.

2년 만에 찾았다는 바다에 다 함께 들어갔다. 나도 신발을 벗고 바다에 발을 담갔다. 9월의 바다는 좀 차가웠지만, 아직은 여름 바다였다.

날씨가 밝고 맑아 기분 좋은 날이었다. 바다와 하늘의 경계가 한데 녹아들었다. 바람이 불 때마다 에노섬江ノ島의 바다는 빛을 반사하며 눈부시게 빛났다.

바다에 들어간 사람들은 엄마와 아빠, 여덟 살 소녀와 다섯 살 소년으로 이뤄진 4인 가족.

기운이 넘치는 소년은 깔깔 웃으며 신나게 바다로 뛰어들었다. 머리에 천을 두른 소녀는 쭈뼛거렸지만 새어 나오는 기쁨을 참지 못하겠는지 키득키득 웃으며 물가에서 춤추듯이 뛰었다.

살랑살랑 바람이 불었다. 바다에서 노는 사이에 태양이 저물며 빛이 더해져서 후지산의 윤곽이 웅장하게 두드러졌다. 마치 난생처음 보는 풍경 같았다.

소녀가 8개월간의 항암제 치료와 양자선 치료*를 마친 지 3개월째였다.

소녀의 어머니가 "가족의 사진을 찍어주었으면 합니다."라며 보낸 메일에는 "악성뇌종양" "생존율 50퍼센트", 그리고 "신기하게도 많이 웃고 있습니다. 행복도 잔뜩 느끼고 있습니다. 병 때문에 불행하지 않다고 확신하고 있습니다." 하는 말들이 쓰여 있었다. 그 편지의 글자들이 머릿속을 계속 맴돌았다. 하지만 그에 맞서 어머니의 말들에 얽매인 채 소녀의 사진을 찍어서는 안 된다는 생각도 들었다.

나는 병명과 장애명을 염두에 둔 채 사람을 촬영하지 않으려고 항상 조심한다. 설령 선의라 해도 무언가 꼬리표를 붙이고 보내는 동정과 연민의 시선은 불편하다는 사실을 나 역시 매우 잘 알기 때문이다. 병과 장애는 그 사람의 일부에 불과하다고 명심하면서 직접 얼굴을 마주하고 말을 주고받는 것부

* 방사선 치료의 일종으로 양성자 광선을 이용해 암 부위만 치료하는 방법이다. 소아 종양에 적합하다고 여겨지고 있다.

터 시작해야 한다고 생각한다.

그 마음가짐으로 되돌아가는 데 큰 도움을 준 것이 지금을 힘껏 즐기는 누나와 남동생의 모습, 그 둘을 지켜보는 부모의 쾌활한 표정, 상쾌한 바람, 따뜻하고도 차가운 바다의 부드러운 감촉이었다. 오감을 기울이면서 눈앞의 자연을 느끼고, '지금'에 모든 것을 쏟아부었다.

파도를 맞는 시간이 길어질수록 소녀의 표정과 몸이 부드러워지는 것이 눈에 보였다. 목욕을 하듯이 바닷물에 몸을 담근 소년은 파도의 감촉을 맛보는 데 흠뻑 빠져 있었다. 두 사람의 굉장한 표정. 한참 더 저 표정을 보고 싶다고 생각하면서, 내내 소녀와 눈높이를 맞추기 위해 허리를 굽히고 촬영했다. 엉덩이는 이미 축축하게 젖어 있었다.

불현듯 소녀가 수평선을 향해 손가락을 들었다.

어디선가 풍겨오는 감미로운 향기에 이끌려 절로 꽃을 찾듯이 무의식중에 소녀의 모습을 카메라로 담았다.

그 사진에는 똑바로 뻗은 손가락의 궤적이 그려진 듯한 무지개가 찍혀 있었다.

다른 사진에는 그런 무지개가 찍히지 않았고, 일부러 그렇게 찍히도록 조작할 틈도 없었다. 무지개는 내가 의도한 것이

아니었다. 그럼에도 무지개는 소녀의 그 시간이 얼마나 특별했는지 증명하는 더할 나위 없는 증거로 사진에 들어왔다.

소녀와 처음 만난 날, 아버지가 운전하는 차 안에서 소녀는 매직을 세게 쥐고 필담용 스케치북에 한 글자씩 꾹꾹 적었다. 참된 성실함이 느껴지는 모습이었다. 흔들리는 차 안에서 썼기 때문에 삐뚤빼뚤한 "안녕하세요."라는 글자가 기특해 보였다. 뒤이어 악수를 했는데, 그 손은 살짝이라도 힘을 주면 부러질 듯 가늘었다. 하지만 손바닥 중심에서는 강인함이 불끈 샘솟았다.

만나자마자 영혼이 깊은 아이라고 생각했다.

매일 병원 내 교실에서 공부하며 병실 친구들과 사이좋게 보낸 8개월이, 최선을 다해 누나를 응원해온 동생이, "하루하루 이 아이밖에 걸을 수 없는 길을 나아간 것 자체가 굉장한 일이에요. 앞으로도 그 소중한 걸음을 응원하고 싶어요."라고 바라는 부모가 깊이를 더해준 영혼일 것이다.

깊은 영혼을 지닌 소녀이기에 그 무지개를 불러들일 수 있었다고 생각한다.

○ ○ ○

'어린이'라고 불리는 그들과 눈높이를 나란히 하면, 자연스레 대지와 가까워진다. 작은 생물, 결정, 돌, 꽃 등 발아래 퍼져 있는 무한이 바로 눈앞에 나타난다.

바람은 초목, 흙, 꽃, 눈을 비롯해 대지에 무성한 것들의 냄새를 바로 코까지 가져다주었다. 바다는 파도의 물보라가 찰싹찰싹 얼굴을 때릴 만큼 가까이에 있었다. 그들은 바다를 보면서 짭조름한 바닷물의 맛도 함께 느꼈다.

하늘을 올려다볼 때, 그들은 대부분 있는 힘껏 고개를 젖혀 바로 정수리 위를 보았다. 그렇게 올려다본 하늘은 아득히 높은 곳에 있으면서도 바로 눈앞에 펼쳐졌다. 구름은, 구름의 모양은 매순간 새로웠다. 달과 태양과 별하늘은 고개를 들어보면 반드시 거기 있는 친구였다.

언제나 세계는 모든 지혜를 주고 있었다. 그토록 세계를 가까이 느낄 수 있는 자리에 어린이가 서 있었다. 세계의 지혜를 그 한 몸으로 잇달아 받아들이는 그들은 이미 현자였다.

어린이와 아기는 혼자 살아갈 수 없다. 항상 생명의 위기에 노출되어 있기 때문에 그들은 살기 위해서 온몸으로 세계의 지혜를 받으려 한다. 그런 그들의 하루하루는 기적의 연속이라 해야 할 것이다.

세계의 지혜를 받아들임으로써 일어나는 변화는 단순히 '변하는 것'이 아니라 '심화深化'다. 생명으로서 심화하는 것을 아이들은 두려워하지 않는다. 그 심화에 종착지가 있다면, '어른'은 아닐 것이다. 모든 생물이 살아가는 '세계' 그 자체일 것이다.

아무리 작고 연약하더라도 어린아이는 태어남과 동시에 '세계'가 되려고 한다.

어른이 어린이의 언동을 보다가 왠지 가슴이 죄는 듯한 감정을 느끼는 이유는 어느새 잊어버린, 혹은 포기할 수밖에 없었던 '세계'가 되려 하는 결의가 엿보이기 때문 아닐까. 적어도 나는 그렇게 생각한다.

소녀가 불러들인 무지개의 사진은 현자의 모든 행위가 세계와 연결된 이야기라는 것을 가르쳐주었다.

음악의 차안으로부터[*]

2016년 10월, 오키나와의 다카에高江에서 열린 '다카에 음악제'에 갔다.

얀바루山原[**]의 숲속 깊은 곳에서 ('어? 여길 차로 갈 수 있어?'라고 주저할 만큼 깊디깊은 곳이었다!) 음악제가 열렸다.

숲속에 외따로 있는 목조 건물 안은 훌라 댄스 발표를 앞둔 아이들로 시끌벅적했다. 와와 하며 활기차게 돌아다니는 아이들 속에 싱어송라이터 나나오 다비토七尾 旅人 씨가 기타를 치며 연주 준비를 하고 있었다. 한 남자아이만 꼼짝도 안 하고 나나오 씨를 지켜보고 있었다. 그 아이의 옆얼굴을 보면서 나

---

[*] 차안(此岸)이란 불교에서 태어나 죽는 등의 고통이 있는 이 세상을 뜻하는 말이다.

[**] 오키나와 본섬 북부의 삼림 등 자연이 많이 남아 있는 지역을 통틀어 가리키는 말이다.

는 나나오 씨가 연주하는 음악을 상상해봤다.

공연장에 모인 관람객은 80명 정도였던 것 같다. 숲이 자아
내는 분위기가 그 공간을 더욱 특별하게 만들어주었다. 이윽
고 해가 저물기 시작했고 음악제가 막을 올렸다.

나나오 씨가 기타를 연주했다.

아이의 움직임에 맞추어 눈부신 것을 보듯이 눈을 가늘게
뜨고 경쾌하게, 당장이라도 죽을 듯이 괴로워하는 표정으로
쥐어짜면서, 금강신처럼 미간에 주름을 잡고 거칠게, 보는 이
의 마음을 녹이는 보살의 미소를 머금고… 정말 다양한 표정
으로 노래했다.

어떤 음악일까, 상상조차 할 수 없었다. 관객은 모두 음악에
푹 빠진 것 같았다. 아무것도 모른 채 그냥 앉아 있으려니 따
분할 수밖에 없었다. 나는 음악제가 이어진 세 시간 동안 여러
번 숲속에 숨어들었다.

숲속에 들어가면 남쪽 섬 특유의 습기가 가득해 끈적끈적
한 어둠이 나를 둘러쌌다. 바로 코앞도 내 손발도 보이지 않았
다. 하지만 무섭지는 않았다. 따스한 어둠이었다. 고개를 들면
나무들 위로 어마어마한 별하늘이 보였다. 그렇게 굉장한 밤
하늘은 처음이었다. 아이폰의 손전등에 의지해 별하늘에 이끌

리듯이 숲속으로 척척 들어갔다.

번뜩 깨달았을 때는 이미 공연장이 내려다보일 만큼 숲속의 높은 언덕까지 올라가 있었다. 손전등을 끄고 깊은 어둠 속에서 나나오 씨가 노래하는 모습을 바라보았다. 새끼손톱만 하게 보이는 나나오 씨가 온몸을 흔들며 노래하고 있었다. 한동안 보고 있었는데, 왠지 너무나 슬펐다. 동시에 유쾌하기도 했다.

나나오 씨가 노래를 들려주는 상대는 눈앞에 있는 관객이 아냐… 그렇게 단순하지 않다는 생각이 들었다….

인간에게, 동물에게, 별하늘에, 숲에, 어둠을 비롯해 보이지 않아도 끊임없이 일어나고 움직이는 모든 것을 향해 음악을 연주하고 있었다. 그만큼 나나오 씨는 자신의 생명을 걸고 노래하는 듯이 보였다.

음악제로부터 정확히 1년 뒤인 2017년 10월, 다카에에서 미군 헬리콥터 추락 사고가 일어났다.[*]

그 뉴스를 신문에서 읽은 순간 얀바루의 숲이, 아름다운 어

---

* 주일미군의 절반 이상이 오키나와에 주둔하고 있다. 미군이 일으키는 각종 사건·사고, 인권 침해, 환경 파괴, 재산권 침해 등은 오키나와에서 심각한 사회문제가 되고 있다.

둠이, 반짝이는 별하늘이 잔혹한 폭력에 다치는 이미지가 떠올랐다. 수많은 슬픔이 지나가고 마지막에는 나나오 씨가 노래하는 모습이 남았다. 희망처럼 강한 힘이 느껴졌다.

'아아.' 그때 나나오 씨는 앞으로 슬픔이 닥치리라 예견하면서도 밝은 미래를 보여주고 남기기 위해서 얀바루의 모든 것을 향해 노래했던 것이었다.

○　○　○

온화한 겨울날의 요요기공원 야외무대에 수많은 사람이 모였다. 사람들은 전부 활짝 웃고 있었다. 밴드 클램본_{Clammbon}*의 결성 20주년을 기념해 열린 특별 무료 공연의 분위기는 무척 밝았다. 단순히 맑은 날씨의 야외라서 밝은 게 아니라 그 자리에 모인 사람들의 내면에서 넘쳐나는 기운이 하나같이 반짝반짝 빛났기 때문이다.

우연히 아메야 노리미즈_{飴屋 法水}** 씨 일가족과도 만났다. 아메야 씨는 술을 홀짝이며 싱글싱글 웃고 있었다. 아메야 씨의

---

*　1995년 결성된 일본의 3인조 밴드. 재즈, 소울, 버블검 팝 등을 연주한다.
**　일본의 현대미술가, 연출가, 극작가로 분야를 넘나들며 다양한 예술 활동을 하고 있다.

부인 코로스케 씨도 딸 쿠루미도 차가운 겨울 공기에 볼이 빨 갰겠지만 역시 미소를 짓고 있었다. 여기 모인 사람들은 클램본 을 정말 좋아한다는 게 잘 느껴졌다.

내가 자리 잡은 곳은 객석 맨 앞의 가장자리였다. 무대에 오른 클램본 멤버 세 명을 바로 옆에서 보는 자리로 사실 잘 보인다고는 할 수 없었다. '더 좋은 자리로 갈 걸 그랬나.' 처 음에는 그렇게 생각했지만, 바로 옆에 위치해 있기에 세 사람 이 관객을 향해 노래하는 모습과 관객이 밴드의 음악에 호응 하는 모습을 동시에 볼 수 있었다. 그래서 '아, 다행이다.'라고 생각했다.

드러머인 이토 다이스케 씨가 무언가 수줍어하면서 말하자 모두 킥킥대며 웃었다. 그야말로 최고의 컨디션이라던 밴드 마스터 미토 씨가 경쾌하게 연주하며 팔을 돌리니 그 움직임 에 맞춰서 모두 몸을 흔들었다. 보컬 하라다 이쿠코 씨가 신나 게 날뛰며 밝은 표정으로 마이크에 대고 노래를 부르면 관객 들도 모두 웃는 얼굴이 되었다. 노래하는 것이 더할 나위 없이 기쁜 것 같았다. 저렇게 즐겁게 웃는 사람이 있구나. 나까지 절로 기분 좋아지는 미소였다.

세 사람이 뭔가 말하거나 연주하여 호응을 유도하면 동시에 관객도 다 함께 와아 달아올랐다. 밴드와 관객을 함께 보면서 그때그때 다른 반응으로부터 지금은 어떤 음악이겠구나 상상할 수 있었다. 그 덕에 지루한 줄 몰랐다.

공연이 한창이던 때, 어디선가 헤아릴 수 없이 많은 비눗방울이 날아왔다. 몇만 개는 될 법한 수많은 비눗방울!

따뜻한 겨울날, 깨끗한 푸른빛을 반짝이면서, 둥실둥실 비눗방울이, 둥실둥실둥실둥실 끝없이, 둥실둥실둥실둥실둥실둥실 다가온다.

환상처럼 차례차례 생겨나는 비눗방울 너머에서 벙긋벙긋벙긋 클램본 멤버들이 노래하고 있다. 듣고 있는 관객들도 모두 벙긋벙긋벙긋 몸을 흔들고 있다. 객석 끝에 앉아 있는 아기도 비눗방울을 가리키며 벙긋벙긋벙긋 웃고 있다. 그 표정들이 지금 여기 있는 음악의 전부라고 생각했다.

○   ○   ○

2014년, 난생처음 수천 명이 모이는 콘서트에 가봤다. 텔레비전으로나 볼 줄 알았던 곳에 내가 있었다.

수천 명의 군중이 무대 위의 네 사람을 보고 있었다.

모두들 미스터 칠드런Mr. Children*의 음악과 공명하고 있었다.

열광하고 있다. 웃고 있다. 손을 흔들고 있다. 제자리에서 뛰어오르고 있다. 진지하게 바라보고 있다. 몸을 흔들고 있다. 감동하고 있다. 눈을 감고 심취해 있다. 춤추고 있다. 감탄하고 있다.

사쿠라이 가즈토시의 노랫소리, 다하라 겐이치의 기타, 나카가와 게이스케의 베이스, 스즈키 히데야의 드럼. 각자의 악기에서 자아내는 소리가 한데 어우러진 미스터 칠드런의 음악이 공연장에 모인 군중의 공명을 이끌어냈다.

네 사람이 엮는 소리가 만들어낸 공명의 바다에서 나는 표류하듯이 이리저리 다니며 관객 한 명 한 명의 다채로운 표정을 사진에 담았다.

사쿠라이 씨가 다른 멤버들에게 눈짓한 순간, 스포트라이트가 점멸했다. 음악이 바뀌었나 생각하자마자 방금 전까지와 다른 리듬으로 군중이 새롭게 공명했다. 그것이 계속 반복되었다.

저토록 멀리 있고, 저토록 작게 보이는 네 사람이, 이토록 많은 군중의 공명을 이끌어내다니. 이건 대체… 무슨 일일까.

●   1992년 데뷔한 후 지금까지 국민적인 인기를 끌고 있는 일본의 록밴드.

음악을 그저 공기의 진동이라 여기는 내게는 마법처럼 보일 뿐이었다.

여기서 이뤄지는 마법은 귀로 듣는 것이다. 음악이라는 마법은 귀로 듣지 않으면 이해할 수 없는 걸까. 그렇지는 않다…고 생각한다. 생각은 하지만, 그렇다 해도 내게서 너무 멀었다. 가사가 적힌 종이를 보고, 공연장을 둘러보고, 관객의 얼굴을 보고, 어떤 음악일까 상상했다. 그래도 알 수 없었다. 어떡해도 저 마법에는 다다를 수 없다는 데 좌절할 것 같았다.

하지만. 그래도. 무언가. 무언가를. 무언가. 무언가를.

머릿속으로 거듭거듭 되뇌면서 카메라를 통해 그 자리에 있는 음악을, 빛을, 네 사람이 자아내는 마법의 편린을 찾아내려 했다.

촬영할 때는 사전 준비나 조사 등 머릿속에 이미지, 정확히 말해 선입견이 생길 수 있는 일은 하지 않는다. 모르면 모르는 대로 내가 모르는 것에 휘둘리듯이 촬영에 임한다. 하지만 그날은 몰라도 너무 몰랐다. 그에 더해 강한 압박감도 느꼈다. 그렇다고 해서 여느 잡지에서 본 듯한 사진을 따라 하고 싶지는 않았다. 잠깐 안심하려고 가짜 사진을 찍을 수는 없었다.

그대로 얌전히 공연장의 풍경을 찍는다면, 나는 음악의 좋고 나쁨을 모르기 때문에 어떻게 해도 미약한 손맛 탓에 촬영한다는 실감을 느끼지 못할 것이다. 만약 음악을 모른다는 사실을 어설프게 감추고 들리는 사람인 양 촬영하면, 음악을 사랑하는 청인의 사진을 당해낼 수 없을 것이다. 그리고 나 역시 '정말 이래도 될까?' 하는 불안감을 안고 조마조마하며 사진을 찍을 것이다. 그런 망설임이 사진에 잔인하도록 적나라하게 드러난다는 건 알고 있었다.

귀로 듣지 못하는 몸이기에 들을 수 있는 음악이 있다고, 그리고 사진이 있다고 믿는 수밖에 없었다. 그게 어떤 것인지는 전혀 몰랐다. 하지만 무작정 그런 것이 있다고 믿는 수밖에 없었다.

몇 차례 공연을 촬영하면서 내 나름의 실감을 느낄 수 있도록 몇 가지 소품을 사용하는 방법을 고안해냈다.

음악을 들으면 색이 보인다는 공감각을 지닌 친구에게 미스터 칠드런의 음악은 어떤지 물어보았다. 그리고 그에 맞춰 소품들을 모았다. 유리구슬, 해변에서 주운 매끈한 유리, 빛나는 장난감 등. 곡에 따라 다르지만, 전체적으로 초록색, 투명한 하늘색이 많았다.

그 소품을 렌즈 앞에 달아두고 촬영하면 강렬한 스포트라이트가 반사되어 다양한 빛이 불규칙하게 나타났다. 매 순간, 자세를 바꿀 때마다, 소품을 바꿀 때마다, 마치 살아 있는 생물처럼 빛이 변했다.

파인더 속에 살아 있는 빛과 나란히 서서 노래하는 네 사람의 모습이 담겼다. 쓸쓸하기만 했던 공연 촬영이 단숨에 즐거워졌다.

흔들리는 환등幻燈 속에서 사쿠라이 씨가 땀에 흠뻑 젖은 채 노래하고 있다.

헤아리고 헤아리고 헤아려도 결코 깨달을 수 없는 진실을, 누구나 알면서 누구나 잊어버리는 진실을, 그럼에도 이해하려고 하듯이 사쿠라이 씨는 노래를 부르는 것이 틀림없었다. 그만큼 최선을 다하고 있었다.

그 최선을 나는 손톱만큼도 이해할 수 없었다.

음악을 전혀 모르는 내가 사진을 찍어도 괜찮을까 하는 약한 마음이 내내 슬금슬금 고개를 내밀었다. 하지만 그와 동시에 그 약한 마음은 '절대로 모르기 때문에 내게만 보이는 것이 있어.' 하는 근거 없는 신념을 불러일으키기도 했다.

괜찮아. 괜찮아. 괜찮아. 사진이 네게 마법을 보여줄 거야. 사진이 너도, 여기 있는 모두도, 아무도 모르는 세계로 데려가

줄 거야. 그러니까 절대로, 괜찮아.

　저렇게 최선을 다해 전하려 하는 신념은 들리냐 들리지 않느냐를 나누는 꽉 막힌 대립의 세계에서 비롯된 것이 결코 아니야. 저들과 함께 일할 수 있다는 사실 자체가 그 증거야.

　말로 할 수 없는 깊은 생각은 어떻게든 살려고 하는 모든 생명의 바탕에 흐르고 있어. 네가 저 최선을 믿고, 생명의 바탕에 흐르는 보편을 열망할수록 말과 음악과 몸의 차이를 뛰어넘은 세계를 볼 수 있을 거야. 분명히 그럴 거야. 괜찮아. 괜찮아. 절대로, 괜찮아.

　그때만큼 내 염원과 셔터를 누를 때의 무게감이 서로 잘 맞아떨어진 적은 없었다.

음악의 피안에서[*]

○

2014년 1월, '빛의 몸 vol.3 — 눈이 내린다. 목소리가 내린다'라는 콘서트와 퍼포먼스가 결합한 이벤트에 객원으로 출연하게 되었다. 연출가인 아메야 노리미즈 씨가 나를 지명해서 그렇게 되었다.

그날, 나는 처음으로 퍼포먼스를 체험했다.

이벤트는 시모키타자와에 있는 후지미가오카교회에서 열렸는데, 아메야 씨의 딸이자 출연자인 쿠루미의 장난감과 인형이 여기저기 널려 있었다. 그중에서 작은 빨간 피아노가 유독 눈에 띄었다. 백수십 명의 관객이 공연장에 꽉 들어찼다.

[*] 피안(彼岸)이란 불교에서 인간 세계 저쪽에 있는 깨달음의 세계를 가리키는 말이다.

아메야 씨가 아주 간단한 줄거리와 연출을 대충 알려주었을 뿐이라 '괜찮을까.' 하고 불안을 느꼈다. 주제가 무엇인지 한 번도 얘기하지 않았기 때문에 나는 '빛의 몸' '목소리가 내린다' 등 이벤트의 제목으로 미루어 짐작했다.

이벤트가 시작되었다.

겨울의 맑은 황금색 햇빛이 들이치는 가운데 성가대 칸투스CANTUS의 단원 열 명이 여기저기로 움직이며 노래했다. 언제 시작해서 언제 끝나는지 한눈에는 알 수 없을 만큼 평온하게 노래를 불렀다.

갑자기 노래하는 사람들의 손에서 '새'가 태어났다. 손으로 표현하는 '새'가 날갯짓을 했다. 그렇게 이따금씩 수어를 섞으면서 노래했다. 하지만 단어를 하나 알았다고 해서 음악으로 즐길 수는 없었다. 한동안 노래가 계속되었다.

쿠루미의 옆에 앉아서 가끔씩 마이크를 들고 주어진 대사를 말하며 나는 어렴풋이 생각했다.

노래란 뭘까.

저 사람은 대체 누구에게, 무엇에, 어디를 향해 노래하고 있는 걸까.

많은 청인 관객 속에서 아무래도 할 일이 없어 따분했다.

옆으로 시선을 돌려보면 음악을 듣는 사람들의 얼굴이 눈에 들어왔다. 이런저런 연출이 펼쳐졌지만 여긴 내가 있을 곳이 아니라는 불편함이 앞서서 기억에 남지 않았다.

칸투스가 노래하는 동안 눈에 띄는 것을 카메라에 담았다. 노래를 방해하지 않을까 긴장하면서도 펜탁스67의 찰칵하는 친숙한 셔터 울림이 불편한 마음을 달래주었다. 파인더를 통해서 노래하는 모습을 멀거니 바라봤다.

칸투스 단원들이 걸치고 있는 디자이너 브랜드 'Ka na ta'의 옷이 공기를 듬뿍 머금고 부풀어 올랐다. 부드럽게 빛을 반사하여 기품 있고 아름답게 빛났다.

스테인드글라스를 통해서 컬러풀한 빛이 주룩주룩 넘쳐흘렀다.

몸을 흔들며 노래하는 칸투스, 장난감을 갖고 노는 쿠루미, 불현듯 여기저기서 등장하는 아메야 씨, 꼼짝도 안 하고 눈으로 그들을 쫓는 관객, 고요한 공기, 그것들을 모두 감싸 안은 교회.

성스럽다는 생각이 들었다.

신 같은 건 믿지도 않고 당장 있기도 불편하고 무슨 말을 하는지도 모르는데 정말로 '성스럽다'고 느낄 수밖에 없었다. 왜 그랬을까.

교회의 높은 천장에 이끌리듯이 어느새 머리 위를 올려다보았다. 그 공간은 십자가 외에 아무것도 없어서 널찍했다. 천장을 보고 있으니 어지럽게 얽혀 있던 감정이 조금은 풀리는 것 같았다.

좀 갑작스럽지만, 나는 권투 글러브를 끼고 아메야 씨와 주먹싸움을 시작했다. 팔을 뻗어서 때리고, 맞아서 얼굴을 돌리고, 도망가고 쫓아가고, 위에 올라타고 아래에 깔리고. 얻어맞은 볼이 뜨거웠다. 때린 손에도 기분 나쁜 감촉이 뜨겁게 남았다. 몸과 마음이 욱신거리며 아팠다.

어느 틈에 그랬는지 난투극 사이에 쿠루미와 칸투스가 2층으로 올라가 있었다. 창문에서 쿠루미가 종이를 몇 장 흩뿌렸다. 그 종이를 주워서 보니 "아뉴스 데이, 하느님의 어린양들이여."라고 쓰여 있었다. 이벤트 전에 "종이에 쓰인 글자를 읽어줘."라는 지시만 들었기에 그대로 그 말을 입 밖으로 냈다.

난투의 흥분이 남아 있던 탓인지 목청이 굳어서 목소리가 걸리는 듯한 느낌이 들었다. '아, 지금 목소리 갈라졌어. 어떻게 들렸을까.' 이런 걱정이 한순간 뇌리를 스쳤다.

어떻게 목소리를 내야 하는지도 모르는 채 단어를 뚝뚝 잘라서 말했다. 그런데 아메야 씨가 내 앞에 서더니 집게손가락을 흔들기 시작했다. 사전에 연출을 지도할 때는 없던 행동이었다. 처음에는 무슨 의미인지 모르고 그대로 발성을 계속했다. 그러자 '아냐, 아냐.'라고 하듯이 아메야 씨가 고개를 가로젓더니 '손가락 끝을 봐.'라는 듯 집게손가락을 세우고 강조했다.

'손가락의 리듬에 맞춰서 목소리를 내라는 뜻인가.'

집게손가락은 일정한 리듬에 맞춰서 느릿하게 삼각형을 그렸다. 그 리듬에 신경 쓰면서 목소리를 맞춰갔다. 한동안 그랬는데 느긋한 리듬에 따라서 목소리가 점점 뻗어 나갔다. 그때까지 무뚝뚝하게 던져버렸던 딱딱한 목소리가 열기를 머금고 따뜻해지면서 부드러워졌다. 더욱 목소리가 뻗었다. 아메야 씨가 끌어낸 내 목소리는 어디든 닿을 수 있었다. '목소리란 이렇게 뻗어 나가는 거였구나.' 하고 감탄했다.

"아뉴유우우우우스…데에이이이이 하느님의이이이 어린양들이여어어어어."

한순간, 목소리가 녹아서 한데 섞인 것을 깨달았다.

'노래'라고 생각했다.

많은 청인 앞에서는 어쩔 수 없이 신경 쓰는 발음도 그 순간만은 전혀 개의치 않았다. 육체에, 뼈에, 오장육부에 노래가 울려 퍼졌다.

뻗어 나가는 목소리에 리듬이 더해지면, 노래가 된다.

그 공정은 뜨겁게 녹인 설탕을 가위로 잘라 식힌 다음 섬세한 세공품을 만들어내는 설탕공예 같았다. 목소리로 한 설탕공예는 형언할 수 없는 자양분이 되어 구석구석 빠짐없이 스며들었다.

노래하면서 내가 본 것은 눈을 감고 "응, 응." 고개를 끄덕이며 지휘하는 아메야 씨뿐이었다. 그 모습에 힘을 받아서 한층 소리를 높이며 내가 생각하는 대로 노래를 만들어갔다. 그런 식으로 누군가와 함께 목소리로 장난을 친 건 그때가 처음이었다.

이윽고 지휘가 멎었다. 아메야 씨는 한 차례 고개를 끄덕인 뒤 내 앞에서 멀어졌다. 그 순간 쓸쓸하다고 생각했다. 누군가와 함께 노래하는 첫 경험이 끝나버리는 게 쓸쓸했다.

그 뒤 아메야 씨는 망가진 (듯한) 트럼펫을 들고 교회 정면에 장식된 십자가로 갔다. 그러고는 볼을 힘껏 부풀리고 멀리서도 새빨개진 얼굴이 보일 만큼 있는 힘껏 트럼펫을 불었다.

온몸을 써서 트럼펫을 부는 아메야 씨의 뒷모습을 보며 노래하는데, 어느새 내 노래는 머리 위에 걸린 십자가로, 더욱 그 위로… 하늘로 향하고 있었다.

노래가 끝난 뒤의 일은 잘 기억나지 않는다. 교회의 정원에서 나는 땅에 묻혔다. 어깨까지 덮은 흙. 나를 둘러싸고 칸투스가 노래했다. 파란 하늘은 무척 투명했다. 나를 내려다보는 쿠루미의 애정 어린 따뜻한 눈빛. 나는 구멍에서 기어올랐다. 덩그러니 빈 지면에 아메야 씨가 올리브나무를 심었다. 인사를 했다. 그렇게 끝났다.

퍼포먼스가 끝으로 향하는 동안, 내 마음은 뒤죽박죽 혼란스러웠다. '타인과 함께 노래했다'는 새로운 체험의 흥분은 그만큼 대단했다. 그런 한편 머릿속은 몹시 맑았다. 잔잔한 바다를 비추는 보름달의 빛처럼 어두운데 눈부신, 술렁이는 고요 속에 있었다. 정적이란 그저 소리가 끊긴 상태를 가리키는 것이 아니었다.

정적만큼 소리로 가득한 것이 없었다.

ο ο ο

2014년 2월, 도쿄의 와타리움미술관에서 개인전 '보물상자'를 개최했을 때의 일이다. 이벤트로 야마카와 후유키山川 冬樹* 씨와 공연을 하게 되었다. 이벤트의 제목은 "음악은 영원한 짝사랑"이라는 내 말을 반영해서 '은하계의 끝에서 듣다'라는 장대한 것이 되었다. 야마카와 씨는 내게 "음악이 태어나는 순간을 가르쳐주고 싶어."라고 말했다.

야마카와 씨는 심장의 고동과 두개골을 두드릴 때 나는 울림을 전자청진기와 골전도 마이크를 이용해 빛으로 바꿔서 눈에 보이게 하는 퍼포먼스를 하고 있었다.

심장의 울림을 빛으로 바꾼다니, 예전부터 마음이 끌렸기 때문에 함께 이벤트를 한다고 결정되었을 때는 진심으로 기뻤다.

이벤트를 연습하러 야마카와 씨의 작업실로 갔던 날은 지금도 선명하게 떠올릴 수 있다. 그날 나는 내내 웃었다. 전혀 모르던 새로운 체험을 하는데 왠지 굉장히 반가운 느낌이 들었기 때문이다.

가슴에 댄 전자청진기가 심장 고동을 잡아냈다. 고동의 리듬에 맞춰 필라멘트의 부드러운 빛이 반딧불처럼 명멸했다. 불이 켜질 때도 꺼질 때도 길게 여운이 남아서 경계가 불분명한, 무척 차분하고 아름다운 빛이었다.

그 빛이 내 심장의 소리였다.

•   일본의 현대미술가. 자신의 목소리와 몸을 플랫폼 삼아 음악, 미술, 무대예술을 넘나들며 활동하고 있다.

두근. ⋯깜박.

두두두. ⋯반짝반짝반짝.

두근두근두근. ⋯깜박깜박깜박.

호흡을 바꾸면 그에 맞춰 심장 소리의 빛이 명멸한다.

두두둣, 두두둣, 두두둣.

⋯반짝반짝반짝, 반짝반짝반짝, 반짝반짝반짝.

가쁘게 숨을 내쉬면 빛도 빠르게 점멸한다.

두　⋯두두두두두.

⋯반짝　⋯반짝반짝반짝반짝반짝.

힘껏 숨을 참으면 심장의 리듬도 일순 정지한다. 공백. 한순
간인데도 무척 길게 느껴진다. 빛의 공백을 볼 때는 마치 죽
음이라도 보는 것 같았다. 이토록 가까이에, 이토록 친숙하게,
죽음이 있었다.

다시 숨을 쉬면, 가짜 죽음의 공백을 만회하려는 듯이 두근
두근 심장이 고동치기 시작한다. 호흡과 심장 고동이 이만큼
서로 호응할 줄은 전혀 생각지 못했다. 이렇게 심장은 씩씩하
게 일하고 있었구나.

야마카와 씨의 심장 리듬과 내 리듬은 달랐다. 두 리듬 모두 세상 하나밖에 없는 빛이고 음악이었다.

음악이란 내 손이 닿지 않는 먼 곳에 있는 줄 알았는데, 실은 태어난 순간부터 내 속에 있었다. 모든 생명은 한가운데에 '음악'을 품고 있다.

나는 음악과 살고 있었다.

○　○　○

2017년, 예술제가 열리고 있는 미야기현 이시노마키시의 복합시설 'IRORI 이시노마키'에 다양한 사람들이 모여들어 북적북적했다. 목재를 많이 사용한 널찍한 실내는 안쪽까지 빛이 가득 들이쳐서 밝았다. 스태프들도 모두 좋은 사람들 같았다.

나는 한 살이 되는 아이와 함께 있었다. 아이는 같은 나이의 친구에게서 호빵맨 과자를 받고는 신이 나서 깡충깡충 뛰다가 친구의 볼에 뽀뽀로 감사를 전했다. 오른쪽 볼에 쪽, 이어서 왼쪽 볼에도 쪽. 갑자기 뽀뽀를 당한 친구는 정색하면서 묘한 표정을 지었다. 그 모습을 본 사람들이 모두 웃음을 터뜨렸다.

이윽고 검은 머리를 찰랑찰랑 흔들며 아오바 이치코靑葉 市子[*]
씨가 등장했다.

주위 사람들의 표정이 순식간에 달라졌기 때문에 음악이
시작된 걸 알았다. 졸고 있는 건지, 말을 거는 건지, 노래하는
건지, 잘 모를 만큼 조용히 음악이 시작되었다.

무릎 위에 앉아서 장난감을 휘두르던 아이의 손이 멈췄다.
아이는 눈을 감고 양손의 집게손가락을 위로 세우더니 활 모
양을 그리며 흔들었다. 몇 번이고, 몇 번이고. 지휘봉을 휘두
르는 동작이 어원인 그 말은, 수어로 '음악'이다.[**]

음악이 이곳에 있음을 아이가 알려주었다.

연주가 끝난 후 아오바 씨가 노래의 가사를 직접 손으로 써
주었다. 「꿈의 비」「Blue Flow」「기적은 언제나」라는 세 곡이
었다. 필적의 강약에서 노래의 강약을 상상하며 읽었다.

그중에서도 「기적은 언제나」의 가사가 특히 와닿았다.

---

[*]　일본의 음악가, 싱어송라이터.
[**]　한국수어에서 '음악'은 '오른 주먹의 집게손가락과 가운뎃손가락을 반쯤 구부리
　　고 손을 오른쪽 위로 빙글빙글 돌리는 것'이다.

기적은 언제나

잃은 것은 안녕 대신에
당신이 좋아하는 세계를 데려와줘
그렇게 된다면 멋진 일이겠지

기적은 언제나 누구에게든 미소를 지어주고 있어

소중한 것은 당신 앞에서
무얼 비추고 무얼 숨기는 거야
답은 살며시 눈동자 속에

눈뜨는 순간의 숨을 자유로이 담가서
생각하는 대로 달려 나가도 괜찮아

빛이 넘치는 세계를 여기로

구원받은 비경의 목소리

○

시각장애가 있는 친구와 이야기할 때는 아이폰의 앱app이 꼭 필요하다. 여러 앱을 써보았는데 그중 가장 인상적이었던 것은 'Voice Text Micro Lite SHOW'였다. (2018년 현재는 더 이상 쓸 수 없다.) 글을 입력하면 자동으로 소리 내어 읽어주고, '높낮이'(숫자가 작으면 목소리가 저음, 크면 고음) '속도'(문장을 읽는 속도. 숫자가 작으면 느리고, 크면 빠름) '볼륨'(문장을 읽는 음량 조절)을 조정하여 말투를 설정할 수 있었다.

나는 '듣기 좋게 말하는 법'을 모르기 때문에 시각장애인 친구에게 어느 정도로 설정하는 게 편한지 물어보는 것부터 대화를 시작했다. 사람마다 취향이 달라서 설정도 달라졌다. 그 차이가 재미있었다.

그 앱이 마음에 들었던 이유가 한 가지 더 있다. 문장을 읽는 그 순간에도 설정을 바꿀 수 있었던 것이다.

가령 "오늘은 운수 좋은 날이네요. 여러분, 진심으로 축하드립니다."라는 문장을 읽는 와중에 설정을 바꾸면 어떻게 되느냐.

"오늘은 우우운수우우우우…조오오오오… 은 날이네요오오오오. 열분 진심으로로로로 추우우우카아아드림다아아아아아아." (저음이 고음이 되기도, 엄청 빨랐다가 갑자기 엄청 느려지기도, 소리가 컸다가 작아지기도 한다.)

아마도 이렇게 들렸던 것 같다. 격식을 차리는 문장일수록 재미있는 듯했다. 친구가 어떻게 들리는지 내게 설명해주려 해도 제대로 웃음보가 터졌는지 웃음이 멈추지 않아서 이야기를 못 했던 적도 있었다.

반대로 시각장애인 친구에게서 이야기를 들을 때는 노트북이나 스마트폰으로 문자를 입력해달라고 하거나 'UD토크'라는 앱을 사용했다. 'UD토크'는 언어 배리어 프리를 목표로 만들어진 앱인데, 음성을 인식해서 바로 문자로 변환해주었고 문자를 입력하면 음성으로 읽어주기도 했다. 그 앱이 더욱 획기적이었던 건 여러 음성을 한 번에 인식한다는 점이었다.

스마트폰와 태블릿 단말기에 여러 사람이 나누는 대화가 술술술 흘러 들어가는 것을 처음 보았을 때는 '음성 대화'의 엄청난 정보량에 충격을 받았다. "아, 정말?"이라든가 "어어." 같은, '쓸데없는' 말이 너무 많아서 깜짝 놀랐다.

수어통역사는 쓸데없는 말을 생략하고 의미를 신중하게 추출해서 옮겨준다는 것을 그때야 실감했다. 통역사란 대단하구나 생각했다.

시각장애인은 주로 음성으로 세계를 인식하고, 청각장애인은 시각으로 세계를 인식한다. 둘 사이를 통역해줄 제3자가 없으면 시각장애인과 청각장애인은 소통하기 어려울 것이라는 내 선입견이 아이폰 덕에 깨졌다.

시각장애인과 쌍방향으로 대화할 수 있다니. 게다가 농담을 주고받고 웃으면서.

그야말로 기술이 개척해준 신세계였다.

o   o   o

후지타 마사히로藤田 正裕 씨(이후 히로 씨)의 말도 내 마음 속에 각별히 남아 있다.

히로 씨는 온몸의 근육이 점점 위축되어 결국에는 스스로의 의지로 몸을 움직일 수 없어지는 희귀질환 ALS(근위축성 측색경화증)에 걸렸다. 히로 씨는 기관절개술을 하여 호흡기를 달고 있기 때문에 말을 하지 못한다. 몸도 움직일 수 없어서 필담과 키보드 입력도 불가능하다. 그런 히로 씨가 의사를 전달하기 위해서 사용하는 방법은 시선과 눈 깜박임으로 조작하는 아이 트래킹 시스템eye tracking system '토비Tobii'였다.

2015년, 처음 만난 날 히로 씨는 미리 입력해둔 "처음 뵙겠습니다."라는 말과 함께 나를 맞이해주었다.

히로 씨의 시선에 맞춰서 커서가 토비의 문자표 위를 움직였고 눈을 깜박여서 글자를 선택했다. 그러면 모니터 위에 한 글자가 확 빛났다. 그렇게 하나하나 모인 빛은 이윽고 말이 되었다. 나는 그 말을 보고는 스케치북에 글자를 써서 필담으로 답했다. 그게 우리의 대화였다.

얼마 지나지 않아 히로 씨가 직장에 갈 시간이 임박했다.

준비를 마치고 출발하기 직전에 히로 씨가 말을 입력했다.

한 글자, 한 글자, 한 글자. 1분 정도 들여서 모은 세 글자가 빛났다.

"갑시다."

그것은 매일 대수롭지 않게 나누는 인사처럼 입에 담은 사실조차 잊어버리는 흔해빠진 '쓸데없는' 말이었다. 바로 그 때문에 찡하고 가슴이 뜨거워졌다.

ALS는 증상이 나타나고 평균 여명이 3~5년이라고 한다. 히로 씨에게 말이란 그야말로 한정된 시간 속에서 목숨을 깎으며 자아내는 것이었다. 실제로 눈동자를 1분 이상 움직이다 보면 눈에 무척 부담이 된다.

ALS에 대한 인식 개선과 치료법 확립을 목표하는 'END ALS'라는 단체를 세운 히로 씨에게는 하고 싶은 일이 정말 많을 것이다. 하고 싶은 말은 얼마나 많을까.

그러니 "갑시다." 같은 '쓸데없는' 말은 굳이 안 해도 괜찮을 것이다. 적어도 내가 그였다면 그렇게 생각했을 것 같다.

나와 히로 씨는 처음 만난 사이였다. 히로 씨에게는 시간을 들여 필담으로 대화할 수밖에 없는 나보다 더욱 중요한 대화를 나눠야 하는 사람이 있을 터였다. 대화하는 내내 히로 씨의 소중한 시간을 빼앗고 있다는 미안함을 느꼈다. 그래서 우리의 대화를 더욱 소중히 여겼다.

그랬지만 우리가 주고받은 한 시간 정도의 대화에서 히로 씨라는 존재를 가장 잘 느끼게 해준 말은 "갑시다."라는 세 글자였다.

필담과 수어 통역은 '쓸데없는' 대화를 생략하고 의미만 요약하여 전달하는 경우가 많다. 분명히 용건을 해결하는 데는 그걸로 충분하다. 하지만 의미 있는 말만으로 마음이 통하느냐면, 그렇지는 않다. 오히려 가치 없어 보이는 사소하고 '쓸데없는' 말에 모든 인격이 응축되기도 한다. 그처럼 '쓸데없는' 대화가 대수롭지 않게 쌓인 자리에서 사람과 사람의 관계가 싹튼다.

히로 씨가 왜 인기가 많은지 이해되었다. 단순히 강한 사람이라든가 가치 있는 활동을 하기 때문만은 아니었다. 사소한 말과 행동이 사람 사이를 잇는다는 사실을 히로 씨가 알기 때문이었을 것이다.

겨우 세 글자였지만, 아무나 자아낼 수 없는 세 글자였다.

∘　∘　∘

청인과 토크 이벤트를 할 때는 '필담 토크'라는 방법을 활용하고 있다. 필담 토크가 무엇인가 하면, 대담 상대와 내가 필담을 나누는 스케치북의 영상을 프로젝터를 이용해 실시간으로 스크린에 보여주는 것이다.

필담 토크는 2011년 사진집 『감동』을 출간하고 조금씩 토크 이벤트 의뢰가 들어온 것을 계기로 시작했다. 그런 행사를 해보고 싶었지만, 청인에게 어떻게 메시지를 발신할지가 문제였다.

처음에는 '수어 통역을 부탁해야지.'라고 안이하게 생각했는데, 실제로 통역을 구해보니 여러 문제가 있는 것을 알았다.

첫 번째 문제, 비용이 많이 들었다.

병원이나 회사의 회의 같은 공적인 통역은 사회복지과 등에서 지원해주어서 개인이 비용을 부담할 필요가 없다. 하지만 내가 하는 토크 이벤트는 매우 소규모에 사적인 행사로 간주되어 통역비를 모두 개인이 부담해야 했다.

준비를 포함해 두 시간 이상 행사를 진행하는 경우, 통역을 교대 없이 혼자 전담하기에는 부담이 너무 크기 때문에 통역사가 두 명 이상 필요했다. 교통비를 포함해서 통역사 1인당 최소 1만 엔을 지불한다면, 행사를 한 번 할 때마다 최소 2만 엔은 돈이 든다는 뜻이었다.

게다가 안타깝게도 사진집은 팔리지 않았다. 3000엔짜리 사진집이 한 권 팔리면 출판사의 이익은 300엔에 불과했다. 그래서 행사를 해도 나는 돈을 받지 않든지 많아야 교통비 포함해서 5000엔 정도를 받았다. 그런 상황에서 통역사를 구한다면 눈물이 날 만큼 적자가 컸다. 책을 알리기 위한 행사인데 통역 때문에 외려 적자가 난다니 본말이 전도되는 셈이었다.

친구와 이야기하다 재능 기부로 통역을 부탁하면 어떨까 하는 아이디어도 나왔지만, 사람마다 통역 기술에 현저한 차이가 있었고, 무엇보다 '수어 통역'이라는 드문 기술을 무상이나 저임금으로 부탁해서는 안 된다고 생각했다.

두 번째 문제, 상대방의 이야기를 알 수 없었다.

다행히 수어통역사를 구해도 대담 상대와 수어통역사의 얼굴을 번갈아 보면서 이야기를 들으면 점점 누가 무슨 이야기를 하는지 헷갈렸다. 청인의 이야기를 들으려고 통역사의 표정과 손을 볼수록 오히려 통역사가 현실감 있게 느껴진 것이다. 수어통역사를 대담 상대로 여기며 혼란에 빠져버렸다.

물론 이 문제는 내가 통역을 거쳐 대화해본 경험이 적은 것과 처음 만난 사람의 수어를 읽는 게 서툴렀기 때문이었다만.

이야기의 내용은커녕 '누가 이야기를 하고 있느냐' 하는 첫 단계부터 넘어진 것이기에 다시 일어서기 위해 내심 필사적으로 이야기를 들었다. 하지만 내가 '이야기의 흐름을 끊으면 안 돼.'라고 조심스럽게 생각하기도 한 탓에 내용을 모호하게 파악한 채 다음 이야기로 넘어가버리곤 했다.

그렇게 진행하다 보면 결국 대화에서 어긋나는 부분이 생겨났다. 대체 무슨 이야기인지 알 수 없어 큰맘 먹고 화제가 무엇인지 물어봤다가 역시 이해하지 못해서 대화를 계속 정체시켰던 적도 있었다.

아무튼 애가 탔다. 그 애타는 마음이 '대화가 아무리 짧아도 느려도 괜찮으니까 더욱 직접적으로 이야기를 나누고 싶어. 돈이 들지 않으면서 청인 농인 상관없이 함께 체감할 수 있는 대화 방법이 없을까.' 하고 고민하는 계기가 되었다.

청인과 1 대 1로 대화하는 경우, 나는 필담을 가장 선호했다.

필담을 할 때, 나는 이야기의 내용뿐 아니라 상대방의 필적과 펜을 쥐는 법, 글자를 쓰기 전의 망설임 같은 것도 유심히 본다. 글을 쓰는 사람조차 모르는 사이에 드러나는 것들이 재미있기 때문이다. 내가 필담하면서 보는 것을 그대로 다른 사람들도 볼 수 있으면 좋을 텐데…. 그러다 문득, 한 가지 아이디어가 번뜩였다. '필담을 주고받는 모습 그 자체를 보여주면 되잖아!'

예전에는 값비쌌던 프로젝터가 2010년대 들어 콤팩트 카메라 수준으로 저렴해진 것도 그런 생각을 부추겼다.

2010년에 필담 토크를 처음 시작했을 때는 커다란 삼각대부터 비디오카메라, 여러 리모컨, 전선, 스탠드까지 책상 위가 정신없이 혼잡했다. 그러던 것이 2018년 현재는 아이폰과 책상에 끼워서 쓰는 아이폰 거치대, 충전 케이블 한 줄, 소형 노트북으로 굉장히 간소해졌다.

현재 필담 토크를 어떻게 하는지 좀더 설명하겠다. 일단 'iDocCam'이라는 아이폰 앱이 필요하다. 비디오카메라의 역할을 하는 앱으로 필담을 나누는 노트나 스케치북을 촬영한다. 플래시를 계속 켜두는 기능도 있어서 비디오카메라를 쓸 때 필수였던 스탠드를 치우게 되었다. (프로젝터의 영상이 선명하려면 실내가 어두워야 하는데, 그러면 정작 노트가 보이지 않아 필담을 나눌 수 없었다. 그래서 스탠드 등으로 노트에 빛을 비춰야 했다.)

무엇보다 그 앱의 가장 훌륭한 점은 화면에 표시되는 모든 아이콘을 깔끔하게 없앨 수 있다는 것이다. 디지털 카메라나 비디오카메라를 쓸 때는 배터리 잔량을 비롯해 이런저런 아이콘들을 끌 수 없어서 화면이 복작복작했다.

그야말로 iDocCam은 필담 토크를 위해 만들어진 앱이 아닌가 싶을 정도였다.

사소한 주의사항이 있으니, 아이폰 '플러스'만 가능하다는 것이다. '플러스'가 아니면 화면을 가로 모드로 고정할 수 없어서 프로젝터로 세로 모드 화면만 보여줄 수 있다. 그러면 노트에 쓴 글자가 너무 작게 보여서 알아보기 힘들다. 나는 이 문제 때문에 결국 아이폰을 새로 구입했다.

처음 구입한 프로젝터(엡손 EH-TW400)는 저렴하고 무척 쓰기 편했지만, 최근 발매된 신제품이 역시 더 좋았다. 엘지의 PF1000UG를 쓰고 있는데, 스크린에서 불과 40센티미터만 떨어져도 100인치의 큰 화면을 비출 수 있다.

프로젝터를 바꾸기 전에는 공간이 웬만큼 넓어야 화면을 크게 비출 수 있었기 때문에 장소를 고르거나 프로젝터를 설치하면서 고심하곤 했다. 하지만 새로운 프로젝터 덕분에 오래된 민가처럼 좁은 장소에서도 큰 화면을 보여줄 수 있게 되었다.

프로젝터로 영상을 비추는 스크린은 보통 삼각대에 매달아서 쓰는 것을 떠올릴 듯하다. 하지만 그런 스크린은 글자를 비춰서 읽기에 너무 작고 가격도 비싸다. 또한 한 자리에 고정해두는 걸 상정하고 제작하는 탓에 무거워서 갖고 다니기 적합하지 않다.

스크린 대신 쓸 만한 천을 찾으려고 닛포리日暮里의 원단시장을 돌아다니다 딱 알맞은 것을 발견했다. 1.5미터×3미터 크기에 질감이 스크린과 비슷해서 영상이 잘 보였다. 게다가 두꺼운 편이라 둥글게 말아도 주름지지 않았다. 커튼용 클립, 연줄, S자 고리만 있으면 어떤 장소에서든 임기응변으로 크기를 자유롭게 조절하며 스크린을 만들 수 있었다.

　단순히 장비의 무게만 따져보면 필담 토크를 처음 시작했을 무렵에는 20킬로그램 가까이 나갔지만, 요즘은 10킬로그램도 되지 않는다. 겨우 7년인데 이렇게나 변했구나 싶어 감회가 남다르다.

　앞으로 7년 후에는 어떻게 변할까. 상상조차 할 수 없다.

　필담 토크를 할 때 그저 글자를 죽 적기만 하면 보는 사람이 금방 지루할 테니, 2차원인 글자를 살아 움직이는 3차원의 것으로 느낄 수 있도록 신경 쓰면서 쓴다.

　노트에 사각형 칸을 몇 개 만들어두고 그 안에 만화처럼 인물을 그린 다음 말풍선에 대사를 쓰기도 한다. 말문이 막힐 때는 "음-----." 하고 할 말을 찾듯이 선을 길게 죽 그리거나, 우물쭈물하면서 땀 흘리는 캐릭터를 그린다. 마땅한 말을 찾으면 '아!' 하는 마음이 전달되도록 활기찬 필체로 휘리릭 글자를 적는다. 그렇게 내 심경이 펜 끝에서 드러나도록 쓰고 있다.

　노트의 아래쪽 절반에 산을 그린 다음 글자를 새처럼 보이게 쓰기도 한다. 화날 때는 빨간색, 차분할 때는 파란색, 하는 식으로 음색을 바꾸듯이 펜의 색을 바꾸기도 한다. 종이를 찢어서 앞서 적은 이야기와 지금 하는 이야기를 연결하거나, 어느 글자를 누가 썼는지 못 알아볼 만큼 서로의 글자를 겹쳐 쓰거나, 필담으로 시를 낭독하거나….

이런저런 실험을 하면서 필담 토크를 하고 있다.

와타리움미술관에서 개인전 '보물상자'를 하던 동안에는 많은 사람들과 필담 토크를 했다. 필담 토크라는 새로운 대화법이 결실을 맺은 때였다고 생각한다.

사카구치 교헤이坂口 恭平[•] 씨는 노래를 부르듯 술술 글자를 뽑아냈고, 종이를 북북 찢어서 한참 전의 페이지와 지금 하는 이야기를 연결하는 등 글자의 시간과 공간을 가볍게 오갔다.

아라이 유키荒井 裕樹[••] 씨는 글자를 마지막까지 성실하게 써내는 사람이었다. 한 글자를 마무리하는 순간 뚝 하고 아주 잠깐 손을 멈췄다. 뚝, 뚝, 하는 리듬을 넋 놓고 보고 있으면 어

[•] 다양한 분야에서 활동하는 일본의 건축가, 작가, 예술가. 중증 양극성 장애 당사자이지만, '자살을 없애겠다'는 목표 아래 '목숨의 전화'라는 상담 창구를 개인적으로 개설하여 언제든 자살을 고민하는 이들이 전화를 걸면 상담해주고 있다.

[••] 일본의 문학자. 전문 분야는 장애인 문화론이며 장애인 인권 운동에도 활발히 참여하고 있다.

느새 문장이 완성되었다. 성실하게 쌓여가는 진실한 리듬.

요시모토 바나나吉本 ばなな 씨는 허둥대다 다음 말을 떠올리지 못하고 헤매는 나를 한참 동안 기다려주었다. 내가 오랜 침묵 끝에 간신히 문장을 쓰자 그 말을 살며시 받아들이듯이 사각사각 펜을 움직였다. 시원시원하게 쓴 필적이 선명히 기억난다.

다니카와 슌타로谷川 俊太郎* 씨의 글자는 좀 복잡한 한자도 히라가나처럼 평이하게 읽혔다. 히라가나가 가타가나처럼 읽히기도 했고, 그 반대로 가타가나가 히라가나 같기도 했다. 가끔 상형문자나 미지의 문자 같은 것도 있었는데, 결국은 모두 일본어였다. 모든 글자의 높이가 똑같아 보여서 굉장히 신비로운 느낌이 들었다.

○   ○   ○

2018년, 와타리움미술관 내에 있는 상점 '온 선데이즈ON SUNDAYS'에서 사진전 '터키의 빛'을 진행했을 때의 일이다.

로봇이 한 여성에게 안겨서 전시회를 방문했다.

* 일본의 시인. 수많은 문학상을 받으며 오랫동안 독자의 사랑을 받았다. 시집뿐 아니라 동화, 그림책, 소설 등 분야를 넘나들며 200여 권의 책을 썼다.

로봇의 이름은 '오리히메Orihime'. 요시후지 겐타로吉藤 健太朗 씨가 '고독을 해소한다'는 목표를 위해 개발한 원격조작 분신 로봇이었다. 오리히메는 중병으로 누워서 지내는 사람, 육아 등의 이유로 회사나 학교에 가지 못하는 사람 대신 외출을 해 준다.

오리히메를 조종하는 사람은 열세 살 다케히로였다.

다케히로는 평균 수명이 18세라는 선천성 심장병을 앓고 있었고, 체력이 약했기 때문에 좀처럼 장거리 이동을 할 수 없었다. 하지만 다케히로는 내 전시회를 보고 싶었다. 그래서 어머니가 다케히로의 다리 역할을 하며 오리히메와 함께 도쿄까지 온 것이다.

새하얀 오리히메의 전신은 20센티미터 정도. 어머니가 무언가 만지자 그때까지 까맣던 아몬드 모양 눈동자가 초록색으로 빛났다. 효고현 아시야시에 있는 다케히로와 연결이 되었다고 했다. 오리히메의 이마에 카메라가 달려 있어서 다케히로는 아이패드를 통해 도쿄의 전시를 볼 수 있었다.

처음 보는 오리히메가 신기해서 여기저기 만져보는데, 오리히메가 얼굴을 내 쪽으로 돌리더니 "안녕하세요."라고 인사하듯이 손을 들었다. 다케히로가 거기 있었다.

오리히메를 통한 소통은 전화처럼 음성으로 이뤄졌다. 내가 말을 걸 때는 필담 노트를 오리히메의 카메라에 비추거나 누군가에게 필담 노트를 읽어달라고 해서 어떻게든 전달할 수 있었다. 하지만 다케히로가 하는 말에 대해서는 마땅한 방법이 없었다. 처음에는 어머니와 그 친구분이 다케히로의 말을 노트에 옮겨 적었지만, 아무래도 답답했다.

오리히메, 아니, 다케히로를 건네받아서 안았다. 오리히메는 작고 가벼워서 팔에 쏙 들어왔다. 부들부들 매끄러운 촉감은 어린아이의 살결 같았다.

아이폰으로 'UD토크'를 실행했다. 시간차는 좀 있었지만, 내가 입력한 문장을 앱이 소리 내어 읽어서 직접 다케히로에게 사진을 해설해줄 수 있었다. 그 반대로 몇 분 늦거나 오류가 있긴 해도 UD토크가 음성을 문자로 바꿔주어서 다케히로가 하는 말을 이해할 수 있었다.

내 품에서 해설을 듣고 고개를 끄덕이거나, "음?" 하며 고개를 갸웃하거나, "와." 하고 손을 흔드는 다케히로.

이렇게까지 하면서 굳이 전시를 보러 와주는 사람은 없었다. 나 역시 이렇게 와줄 사람이 있을 거라고는 상상조차 못했다. 지금껏 전시에 부르고 싶어도 부르지 못했던, 병상에서 움직이지 못하는 많은 친구들의 얼굴이 떠올랐다.

나는 그날 희망을 품었다.

○ ○ ○

아이폰이 정보 혁명을 일으키고 스마트폰이 일반에 널리 퍼지면서 내 인생, 나아가 커뮤니케이션의 가능성이 크게 변했다.

예컨대 상점에서 무언가 물어볼 때는 필기도구가 없어도 아이폰을 건네서 입력해달라고 하면 된다. 또한 팔이 부러져서 필담을 할 수 없는 친구와는 아이폰의 마이크를 이용해서 음성 인식으로 대화할 수 있다. 그야말로 소통의 폭이 넓어진 것이다.

사진을 본격적으로 시작했던 2008년만 해도 전화가 주류라서 이메일로 일을 하는 것조차 어려웠다. 그 시절과 비교하면 그야말로 격세지감이 느껴진다.

무척 편리해졌다고 감탄하는 동시에 편리하게 내뱉은 말의 표면에 '진짜 말'이 없을 가능성을 더욱 조심해야 한다고도 생각한다.

처음으로 인터넷을 접했던 스무 살 무렵, 나는 '말을 자유자재로 다룬다'는 만능감에 흠뻑 빠져 있었다.

듣지 못한다는 선입견에서 벗어나 자유롭게 발언할 수 있었고 타인의 평가를 바로 알 수 있었다. 그것이 기뻐서 매일 무언가 문장을 써서 온라인으로 발신했다. 인터넷에서 거침없이 말하는 데 취해 있었다.

그렇지만 인터넷에 내보내는 말은 대다수의 마음에 드는 것을 노리고 철저한 계산을 거쳐 나온 것이었다.

그렇게 부정한 의도가 있는 말일수록 외려 온라인에서는 너무나 손쉽게 전파가 되었다.

나 자신의 신념이 없을수록 겉보기에 강한 말을 술술 내뱉을 수 있었다. 그 말에 많은 사람들이 찬동해주었다. 찬동해주는 사람들은 숫자로 표시되어 한눈에 알 수 있었다. 그 숫자가 클수록 내 말에 가치가 있는 것이라고 생각했다.

그렇지만 그런 말로 얻은 만족감은 얄팍하고 오래 지속되지 않았다. 내 말은 내뱉은 순간부터 바싹 말라 시들어갔다.

멋들어진 말을 해서 한순간이라도 주목을 받고 나니, 주목이 사라지는 걸 쓸쓸해서 참지 못했다. 더욱 주목을 받고 싶어서 거짓을 지어냈다. 누군가를 주저 없이 단죄하는 폭력적인 말을 할 때도 늘어났다.

내가 인터넷에 쓴 글은 사생활에서 하는 언동에도 점점 영향을 미쳤다. 온라인과 현실을 구분하겠다고 선을 그어두었지만, 어느새 그 경계가 흐릿해져버렸다. 그래서 한 친구와 관계가 삐걱거리며 잘 풀리지 않게 되었다. 그 일로 지쳐서 인터넷을 멀리했다. 그리고 그 무렵 사진을 본격적으로 시작했다.

사진을 매개로 다양한 사람들과 만날수록 말로는 표현할 수 없는 일들이 늘어났다.

그날 그 만남이 자살한 사람과의 마지막인 줄 알았다면 내가 할 수 있는 말이 있었을까? 이렇게 자문해봐도, 그런 말은 떠오르지 않았다.

눈앞에서 소중한 사람을 떠나보낸 사람, 낫지 않는 병이나 장애를 안고 있는 사람. 그런 사람들에게 내 말은 아무 힘도 없었다.

생명의 등불이 꺼지기 일보 직전인 사람에게 무슨 말을 걸어야 할까.

목숨 있는 자로서 피할 수 없는 생과 사의 문제를 마주할 때, 내 내면에 있는 말은 놀랄 만큼 빈약하고 무력했다. 인터넷에서 쓸데없는 말만 내뱉었던 자신이 부끄러웠다.

해서는 안 되는 말을 했다.

말해야 할 것을 말하지 않았다.

말과 관련한 실패를 거듭하면서, 이윽고 '작은 목소리'의 존재를 깨달았다.

손을 잡는 것, 눈높이를 맞추고 바라보는 것, 다가가는 것, 만지는 것, 식탁을 둘러싸고 함께 식사하는 것, 인사를 수천수만 번 꾸준히 주고받는 것.

오직 그런 행동으로만 전할 수 있는, 한없이 침묵에 가까운 '작은 목소리'가 분명히 존재한다. 거북이걸음처럼 천천히 다가오는 '작은 목소리'를 쌓아야 간신히 자아낼 수 있는 것이 바로 '진짜 말'이다.

'진짜 말'로 하는 이야기야말로 조용하고 강하며, 구렁 속에 빠져 있는 사람에게도 닿을 수 있다.

중증 장애인과 죽음의 문턱에 선 사람들이 내는 목소리는 지금까지 있어도 없는 것으로 취급당했다. 오늘날 진보한 기술은 아무도 발 들이지 않는 비경秘境에서 떠돌기만 하던 그 '작은 목소리'를 보이는 곳으로 건져 올리고 있다. 나도 그 은혜를 입은 당사자다.

'작은 목소리'가 마음이라는 배에 올라타 사람들에게 퍼져 나갈 때, 현재의 가치관으로는 상상도 할 수 없는 '진짜 말'이 반드시 태어날 것이다. 그런 진짜 말로 짜는 이야기와 철학은 대체 어떤 것일까.

그런 미래를 상상하다 보면, 시인 이와사키 와타루岩崎航*의 시들이 절절하게 와닿는다.

> 장애인은 전쟁이 없는
> 평화 속에서만
> 살아갈 수 있다
> 그렇기 때문에 평화를 책임지는
> 세계 시민이 될 수 있을 것이다
>
> 단장斷腸의
> 끝에서도
> 피어나느냐
> 내 붉은
> 꽃이여
> ―이와사키 와타루『수액걸이―살아가겠다는 기치』** 중에서

- 　일본의 시인. 세 살 때 진행성 근이영양증이라는 근육 질환의 증상이 나타났다. 현재 인공호흡기를 끼고 관을 통해 영양을 공급받으며 누운 채로 생활하면서도 창작 활동을 쉬지 않고 있다.
- ・　『点滴ポール―生き抜くという旗印』ナナロク社 2013.

°

'어도비 포토샵 라이트룸'이라는 사진 편집 소프트웨어에는 슬라이드쇼를 만드는 기능이 있다. 슬라이드를 만드는 설정 중에는 '슬라이드 재생 시간'이라는 항목이 있으며 '슬라이드(사진이 정지하는 시간)'와 '페이드(사진이 나타나고 사라지는 데 걸리는 시간)'를 조정할 수 있다.

'슬라이드'에 5~8초, '페이드'는 1초, 사진 한 장을 천천히 관람할 수 있는 일반적인 슬라이드쇼는 이렇게 설정할 것이다. 하지만 나는 '슬라이드'를 0.1초, '페이드'를 20초로 극단적인 설정을 쓰고 있다.

사진 A가 20초 걸려서 천천히 나타난다. 전부 나타나고 0.1초 정지한 다음 사진 A는 곧바로 다시 20초 동안 사라져간다. 사라지는 사진 A와 겹쳐서 사진 B가 천천히 나타난다.

즉, A와 B라는 사진 두 장이 겹치며 교차하는 20초를 보는 것이다.

그와 더불어 재생하는 사진의 순서는 소프트웨어에 맡겨서 '랜덤'으로 설정하는 경우가 많기 때문에 슬라이드를 상영할 때마다 순서가 바뀐다. 나 자신도 어떤 슬라이드쇼가 될지 예상할 수 없다.

o   o   o

슬라이드쇼 「어렴풋한 경계」는 우연이라 할 수밖에 없는 일을 계기로 만들었다.

사진을 예쁘게 하는 데 편리하다는 막연한 정보를 듣고 라이트룸을 구입했는데, 정작 사용법을 전혀 몰라서 가이드북을 참고하며 하나하나 익히던 때였다.

슬라이드를 만드는 기능이 있다는 걸 알았는데 그때는 흥미가 없었기 때문에 대수롭지 않게 여겼다. 그래도 가이드북의 내용을 빠뜨리지 않고 전부 직접 해보며 익히고 싶어서 시험 삼아 사진집 『감동』에 실린 사진 121장을 사용해서 슬라이드를 만들어봤다.

처음 만든 슬라이드는 가이드북에 쓰인 대로 5초 정도 멈쳐 있다 1초 동안 사라지는, 지극히 평범한 것이었다.

하품이 나올 만큼 지루했고 별로 재미있지 않았다. 내 사진, 특히 『감동』에 실린 사진은 90퍼센트 이상이 동그라미 구도의 중심에 피사체를 두고 찍은 것이다. 그래서 애초에 단조로울 것이라 예상했기 때문에 금방 슬라이드를 껐다.

그런데 그대로 끝내려니 못내 심심해서 왠지 모르게 극단적인 설정을 해볼까 하는 생각을 했다. 그 장난기가 「어렴풋한 경계」를 낳았다.

'슬라이드'를 0.1초, '페이드'를 20초, 그리고 랜덤 재생.

…놀라웠다.

내 사진이 전혀 다른 것이 되어 있었다. 나타나고 사라지는 사진에 찍힌 것은 분명히 내가 만나서 대화한 사람들과 내가 바라본 풍경인데, 도저히 그렇게 보이지 않았다. '이거야! 이게 내가 원하던 거야!'라며 흥분했다.

사진집 『감동』에 실린 인물 사진을 보면 '장애인'이 많다고 할 수도 있다. 실제로 사진집을 본 사람들은 "장애인을 많이 찍은 이유는 뭔가요?" "왜 그들을 주제로 삼았나요?" 같은 질문만 했다.

'동물도 있어. 풍경도 인물과 대등하게 있어. 눈에 보이지 않는 것들도 있어. 왜 그렇게 보지 않고 장애인이라고 뭉뚱그려서 보기만 하는 거야? 내가 장애인이라서 색안경을 끼고 보는 걸까.' 사람들의 질문에 조바심이 났지만, 내가 무엇을 보고 싶어서 그렇게 구성했는지 스스로도 미처 몰랐다. 그 때문에 사진집을 출간한 직후 인터뷰를 하면서 꽤 고생했다. 인터뷰마다 내가 말하는 내용이 달라지는 것 같았다.

그랬지만 내 사진, 그리고 배치와 구성에는 절대적인 자신이 있었다.

그 자신감의 이유가 슬라이드쇼 「어렴풋한 경계」를 통해 보인 것 같았다.

장애인이니, 동물이니, 자연이니, 그처럼 말로 나누는 구분을 뛰어넘어 어딘가에 반드시 존재하는 서로 닮은 접점. 그 접점이야말로 내가 보고 싶었던 것이었다.

그 접점은 단적으로 표현하는 말 따위로는 도저히 잡아낼 수 없는, '생명의 가능성'이라고 할 만한 것이다. 그것이 바로 지금 우연히 발견한 슬라이드 덕에 뚜렷이 나타났음을 직감했다.

내심 '이 사진은 내가 찍은 작품이다.'라고 오만하게 생각했는데, 그 생각이 산산이 부서졌다. 사진을 찍는 사람은 세계가 보내는 무한한 메시지를 중개하는 사람이며, 그 이상도 그 이하도 아니라는 것을 깨달았다. 지금 돌이켜보면 그렇게 깨달은 게 무엇보다 다행스럽다.

∘ ∘ ∘

사진에 찍힌 것은 겉모습도, 있는 자리도, 시간도, 종족도, 수명도, 모두 다른 것들. 또한 풍경 사진과 심상적인 사진도 많다. 생명이 갓 태어나는 순간이 있는가 하면, 죽음의 순간도 있다. 사진에 담긴 존재는 단 하나도 서로 비슷한 것이 없다. 공통점이 있다면 대부분의 피사체가 동그라미 구도의 한가운데에 자리하고 있다는 것뿐이다.

슬라이드쇼가 시작된다. 첫 번째 사진이 천천히 하얗게 떠오른다. 사진은 매끄럽게 나타났다 사라지며 흘러가는데, 왠지 기묘하게 걸리는 느낌이 든다.

사진에 찍힌 것들은 소리 없이 조용히 흔들리면서 모습을 바꾸고, 그러다 어느새 다음 사진이 나타난다.

이번에는 뭘까 생각하면서 천천히 다음 차례로 옮겨가는 사진을 보고 있으면, 겉보기고 뭐고 전부 다른 게 분명한 각각의 존재들이 마치 원래 하나였던 것처럼 한데 녹아든다. '왜 서로 비슷한 걸까?' 하는 사소한 의문이 직감처럼 불쑥 솟아난다.

일단 직감을 느끼면, 그것은 유기체처럼 두근두근 맥동하며 존재와 존재 사이의 어렴풋한 경계에 숨어 있는 침묵을 잇기 시작한다. 서로 다른 존재들의 경계가 어렴풋한 사이에 그것들을 연결하는 공통점을 찾아내려는 문자 없는 시가 떠오른다. 시 역시 서로 다른 존재들을 엮어준다.

처음에는 감질나게 길었던 20초라는 시간이 점점 가속하여 어느새 순식간에 사진이 바뀌는 것처럼 느껴진다. 하지만 동시에 매우 느리다고도 느낀다. 시간 감각이 점점 뒤틀린다.

어렴풋한 경계에서는 누구든, 무엇이든, 아주 조금씩 닮아 있다.

나무가 사람이 되고, 사람이 광석이 되며, 광석이 울부짖는 짐승이 되고, 짐승이 바람이 되며, 바람이 연주하는 음악가가 되고, 음악가를 푸른 행성이 감싼다. 끊임없는 변화가 생각지 못한 형태로 끝없이 계속된다. 존재와 존재의 어렴풋한 경계를 바라보는 사이에 각각을 형용하는 말이 녹아서 흘러내린다. 왜 저들을 말로 구분하려 하는가. 그 무의미함을 불현듯 깨닫는다. 생명을 구분하는 말의 적막함이 감돈다. 존재의 무게가 돌연 가벼워진다. 가볍지만, 동시에 하나하나가 자연스레 존재감을 발산하기에 무겁기도 하다.

그저 그 자리에 존재하기만 해도 웅변 같은 '목소리'.

누구나 태어나는 순간부터 이미 지니고 있는, 이 세계에 단 하나뿐인 '목소리'.

'목소리'와 '목소리'를 이어주는 '어렴풋한 경계'는 존재가 연주하는 노래였다.

'어렴풋한 경계의 노래'는 과거, 현재, 미래에 걸쳐 울릴 것이다.

나는 '어렴풋한 경계의 노래'에 구원을 받았다. 구체적으로 무엇이 어떻게 도움이 되었는지는 아직 모른다. 다만, 종족도 생사도 시공도 손쉽게 뛰어넘는 심연이 의심할 여지없이 존재함을 깨닫고 큰 위로를 받은 것만은 확실하다.

언제나 예상을 뛰어넘어 드높이 울리는 '어렴풋한 경계의 노래'를 보며 한숨 돌릴 때, 나는 이번 생애에 걸쳐 사진을 완수해야 한다고 굳게 다짐한다.

4

빛 그 자체인 당신

2015년 10월, 아이가 태어났다.

출산은 평범한 가정집을 개조한 조산원에서 했다. 이불과 테이블과 약간의 짐으로도 가득 찰 만큼 좁은 방에서 아이가 태어났다.

아이를 낳은 이튿날, 아내 마나미는 출산의 고단함을 풍기면서도 느긋하니 편해 보였다. 우리는 아이를 사이에 두고 누워서 수어로 많은 이야기를 나누었다.

이름은 어떻게 할지, 출산 중에 어떤 느낌이었는지, 아이 얼굴을 보았을 때 어떤 인상을 받았는지, 그리고 이보다 밥이 맛있는 조산원이 있을지… 평소보다 손을 부드럽게 움직이며 끝없이 많은 이야기를 했다. 아이가 태어나는 순간을 함께한 흥분이 식지 않아서 나는 쉬지 않고 입을, 아니, 손을 움직였다.

머리 위에 있는 창문으로는 투명하게 푸른 하늘이 보였다.

방 안은 아이의 몸이 식지 않도록 난방을 세게 했기 때문에 티셔츠 한 장 입고 있는데도 더웠다. 창문으로 쏟아지는 눈부시게 환한 빛이 방 안을 가득 채웠다.

그저 잠만 자는 아직 이름 없는 생명이 작은 공간을 더욱 맑고 깨끗하게 만들었다.

얼마 지나지 않아 무언가 검사를 받을 시간이 되었는지 마나미가 "아기 잘 부탁해."라며 방에서 나갔다. 처음으로 아이와 단둘이 되었다. 그래 봤자 마나미가 나가기 직전에 모유도 주었고 아이는 푹 잠들어 있었다. 딱히 할 일이 없었기 때문에 육아서를 보며 앞으로 펼쳐질 생활을 상상했다.

육아서에 신생아의 시력과 세상을 어떻게 보는지에 관한 글이 있어 눈길이 갔다.

"빛을 감지하는 능력은 태내에 있는 24주차부터 갖춰진다."

임신 7개월째의 아기는 크기가 30센티미터 정도라고 한다. 양손을 대략 그 정도 크기로 벌려서 배 위에 대보니 움찔 놀랄 만큼 의외로 컸다. 마나미는 이 무게를 품고 있었구나. 생각할수록 진심으로 경의를 표할 수밖에 없다.

인간이 되어가는 중인 생명이 어머니의 배를 통해 느끼는 빛이란 어떨지 상상했다. 곁에 있는 아이에게 손을 댔다. 불과 그저께만 해도 태내에 있었던 이 생명은 어떻게 세계를 느끼고 있을까.

"신생아의 시력은 0.02 정도. 10~20센티미터 떨어진 곳에 초점이 맞춰져 있다."

10~20센티미터. 코앞에 손을 대고 다른 손으로 대략 거리를 가늠해봤다. 꽤 가까웠다. 수유하는 모습을 떠올렸다. 아이가 모유를 먹으면서 올려다보는 어머니의 얼굴이 딱 그 정도 거리에 있었다.

그런저런 생각을 막연히 하면서 아이를 쓰다듬었는데, 불현듯 아이를 감싸고 있는 포대기가 신경 쓰였다. 그 포대기는 '구체처럼, 물처럼, 부드럽게 몸에 감기는 옷'을 모토로 삼고 있는 (내 생각에는 그렇다.) 디자이너 브랜드 'Ka na ta'에 특별히 주문해서 만든 것이었다.

나가노현의 깊은 산속을 흐르는 깨끗한 물로 염색한 다음, 사흘 동안 햇볕을 쪄며 꼼꼼하게 말리는 공정을 거쳐 만들어졌다고 했다.

아이가 태어난 어제 포대기를 꺼냈다. 베이지색 천을 활짝 펼치자 푸근하고 부드러운 촉감과 함께 햇볕을 쬘 때처럼 따뜻하고 좋은 향기가 났던 게 기억났다.

포대기는 두 장이었기에 나머지 한 장도 꺼내서 펼쳐봤다. 무척 가벼운 천이라 좍 펼칠 때마다 공기를 듬뿍 머금으며 한순간 공중에 둥실 떠 있었다. 이번에도 무척 좋은 향기가 났다.

그 향기에 이끌려 천을 여러 번 펼치다 보니 천의 섬유 사이로 햇빛이 스며들어 반짝이는 게 보였다. 깜박이는 빛이 정말 예뻤다.

천이 걸러내어 반짝이는 빛을 여러 구도에서 바라보았다. 얼굴에 천을 뒤집어쓰고 볼 때가 가장 기분 좋았다. 포대기를 얼굴에 덮은 채 아이 옆에 누웠다. 아이가 잠에서 깨어나면 알 수 있도록 왼손을 아이의 가슴에 댔다.

부들부들 스치는 천의 감촉이 좋았다. 해가 있는 쪽으로 얼굴을 돌리고 머리를 흔들흔들 움직이자 빛이 살랑살랑 깜박였다.

시야가 좁아진 만큼, 촉각이 예민해졌다. 왼손으로부터 아이의 고동이 아까보다 훨씬 생생하게 전해졌다. 고동은 쉬지 않고, 규칙적으로, 두두두두두 하며 손바닥을 뛰어다녔다. 후우, 후우. 안 그래도 실내가 더운데 천을 뒤집어쓰니 열기가 고여서 훨씬 숨 쉬기 힘들었다. 자연스레 깊이 숨을 쉬었다. 후우, 후우.

시야는 빛으로 가득했다. 너무 눈이 부셔서 눈을 감았다. 그러자 그때껏 시야를 채웠던 황금빛이 단숨에 짙은 붉은빛으로 변했다. 눈꺼풀의 붉은 살을 통과한 빛이었다.

'아아.'

생명이 태내에서 느끼는 빛이란 이런 것인지도 모르겠다. 양수에 둘러싸여 몸을 둥글게 웅크리고 있는 생명. 바로 가까이에 두근두근 박동하는 어머니의 심장이 있었을 것이다. 그 고동은 눈꺼풀 너머에서 들이치는 붉은빛이 살아 움직이도록 숨을 불어넣었을 것이다.

하품이 나왔다. 몇 번이나 하품을 했다. 하품이 멈추지 않았다. 어젯밤은 아이까지 가족 셋이 함께 지냈는데, 아이가 언제 일어날까 걱정되어 계속 깨어 있었다. 그래서 무척 졸렸다. 꾸벅꾸벅 졸았다. 따뜻했고, 화창한 날이었고, 아이는 힘차게 살아 있으니까.

비몽사몽간에 아이의 고동으로 빠져들었다.

끽, 끽 하는 울림. 누군가 복도를 걸어왔다. 바람이 살며시 불었다. 방문이 열린 듯했다. 얼굴을 문 쪽으로 돌렸지만 포대기를 뒤집어쓰고 있어 잘 보이지 않았다. 흐릿하게 사람의 모습이 보여서 누군가 있다는 걸 알 수 있을 뿐이었다.

마나미일까. 그러고 보니 슬슬 점심시간이니까 밥을 가지고 왔을지도. 만약 그렇다면 지금은 좀 부끄러운데. 이대로 자는 척을 할까.

이런 생각을 하는데, 뜨거운 무언가가 양쪽 볼에 확 닿았다.

너무 뜨거워서 한순간 대체 무슨 일인가 깜짝 놀랐다.

손이었다. 포대기를 뒤집어쓰고 있어서 피부의 감각이 예민하기도 했고, 포대기와 얼굴 사이에 모여 있던 열기가 손바닥에 밀려 갑자기 닥쳐서 뜨겁게 느낀 것이었다. 마치 타오르는 듯했다.

역시 마나미인가 보다.

그렇지만 누구라도 상관은 없다.

생명이, 갓 태어난 생명이, 저 사람은 누구인지 신경이나 쓸까. 눈도 잘 보이지 않고, 귀도 제대로 듣지 못한다. 시각과 청각보다 피부 접촉에 의지해 관계를 맺을 터인 생명은 마주하는 모든 것이 자신을 살려주는 것이라 여기며, 몸과 마음을 기울일 것이다.

그렇게 생각하면서 밝은 어둠 속에 서 있는… 빛 그 자체인 당신을 바라본다.

포대기를 걷었다. 손의 주인은 당연히 마나미였다.

"포대기 뒤집어쓰고 뭐 해?"

"아니, 그, 음, 설명하기 어려워…. 그런데 뭘 검사한 거야?"

"검사가 아니라 수유하는 법을 배웠어. 필담으로 하느라 생각보다 오래 걸렸네."

그런 잡담을 하는 사이에 아이가 깨어났다. 순식간에 얼굴이 빨개졌다. 쪼글쪼글한 얼굴로 양팔을 번쩍 들더니 손을 쥐었다 폈다 했다.

아이를 안아 올린 마나미가 가슴을 드러내고는 아이의 입에 젖꼭지를 톡톡 가져다 댔다. 아이는 젖꼭지를 물려고 하면서 또렷이 뜬 두 눈으로 엄마의 얼굴을 올려다보았다. 언제 눈을 깜박일까 걱정될 만큼 뚫어지게 엄마를 봤다.

이윽고 엄마의 젖에 전념하려는 듯 고개를 움직여 물기 편한 자세를 찾고 양손으로 젖을 주무르는 데 최선을 다했다.

끌어안는 시선

　　　。

　처음에 그들은 가깝지도 멀지도 않은 절묘한 거리에서 생후 3개월 된 아이를 바라보았다. 한 시간 정도 지나자 경계심이 누그러졌는지 코를 가까이 대어 킁킁 냄새를 맡거나, 조심하는 자세를 취하면서도 조금씩 다가가 얼굴을 들여다보거나, 아이를 지키려는 듯이 바싹 붙는 등 각자 나름의 방식으로 아이를 대했다.

　발을 들여도 괜찮은 경계선을 찾으면서 천천히 다가가는 그들의 접근 방식에는 절도가 있었다.

　아이는 코앞에서 다가오는 그들을 꼼짝도 안 하고 눈으로 계속 좇았다. 여느 때 같으면 바쁘게 눈을 깜박일 텐데 그때는 유독 눈꺼풀이 신중했다.

o o o

우리와 거의 같은 시기에 아이가 태어난 친구의 집에 놀러 간 날의 일이다. 친구네는 개 한 마리, 고양이 네 마리, 앵무새 한 마리까지 있는 대가족이었다. 유기된 고양이를 보호하는 사람에게서 넘겨받거나 동물병원, 보호소 등에 있던 아이들을 맡았다고 했다.

아이에게는 그 동물들이 처음 만나는 다른 종족이었다. 아이는 그들을 어떤 식으로 볼까? 그들은 아이를 어떻게 대할까? 그런 호기심이 있었기에 계속 그들을 주목했다.

앵무새의 이름은 '태양'이었다. "안녕! 안녕!" "만세!" "나, 태양!" 하는 것이 입버릇이라고 했다. 새장에서 나온 태양은 바닥에 내려앉자마자 아이를 향해 똑바로 걸어갔다. 그때까지 개와 고양이가 번갈아가며 다가가는 걸 보고 나도 해야겠다 생각한 듯했다.

아이와 가까워질수록 머리의 깃털이 천천히 곤두섰다. 경계심을 드러낸 것이라고 했다. 아이는 왼쪽에서 비스듬히 접근하는 태양의 기척을 눈치챘는지 손발을 버둥거리면서 목을 최대한 꺾어 앵무새 쪽을 보려고 했다.

누워 있는 아이의 시야에 태양이 들어온 순간, 양쪽 다 움직임을 멈췄다.

아이는 계속 눈을 깜박였다. 아이를 들여다보던 태양은 깜박임에 답하듯이 머리를 가로저었다. 갑자기 가볍게 날개를 펼쳤는데, 그때까지 힘껏 곤두서 있었던 머리의 깃털이 푹 가라앉았다.

둘은 그대로 서로를 바라보았다.

불과 1, 2초 동안인데도, 무척 긴 시간이 지난 것 같았다.

태양은 몸을 빙글 돌리고는 놀이터인 새장 속의 나무 막대로 떠나갔다.

아이는 멀어지는 태양의 뒷모습을 한동안 바라봤다. 아이를 안으려고 허리를 구부리자 아이가 나를 봤다. 눈꺼풀도 깜박이지 않고 곧게 꿰뚫는 시선을 보냈다. 평소에 보던 눈빛과 달랐다.

손이 닿지 않는 곳에 있는 존재를 눈으로 힘껏 껴안으려는 듯 진지하게 응시했다. 나라는 존재를, 진실되게 바라봐주고 있다. 그런 느낌이 생생히 들었다.

얼굴이 꽤 가까워져서야 아이는 눈을 깜박였다. 처음 한 번은 천천히 지그시, 그다음에는 깜박깜박깜박 몇 차례 연속해서 눈을 감았다 뜨며 후욱, 후욱 하고 숨을 거칠게 쉬었다. 나를 바라보는 동안 숨을 참았던 것 같았다.

동물들과 교감한 일련의 흐름도 마찬가지였다. 아이는 이렇게 그들을 바라봤던 것이다. 그들은 아이의 시선을 있는 그대로 받아주었다.

아이가 크게 떴던 눈에서 힘을 빼고 나른한 듯이 눈을 감았다 떴다. 그날 아이의 눈빛 속에는 분명한 생물의 의지가 담겨 있었다.

아기의 입장이 되어 상상해봤다.

생후 3개월은 움직이는 것을 눈으로 따라가는 '추시追視'를 하고, '색'을 이해할 수 있게 되는 시기라고 한다. 시력은 0.01 정도로 20~50센티미터 떨어진 것을 가장 잘 본다.

스스로 움직여서 보고 싶은 것에 다가가지 못하기 때문에 흐릿하게 볼 수밖에 없다. 아이가 실제로 느끼는 세계란 그렇게 흐릿하다. 그런 세계에서 아기가 가장 뚜렷이 보며 가장 오랫동안 보는 것은 안긴 채로 올려다보는 '얼굴'일 것이다.

얼굴이 아기에게 가까이 다가간다. 아이 입장에서 보면, 다가오는 얼굴은 흐릿하던 세계를 찢으면서 나타나는 미지의 존재일 것이다. 선명한 상을 맺으며 불쑥 등장한 미지의 존재를 목격했을 때의 놀라움. 처음 본 것이라도 기존에 알던 무언가의 정보와 연결해서 처리하는 데 익숙해진 어른이 상상할 수 없을 만큼 아기의 놀라움은 대단히 크지 않을까. 천지가 뒤흔들리는 공포일지도 모른다. 위험을 느끼고 공포에 질려서 울음을 터뜨리는 아이가 있는 것도 당연하다.

한편으로는 흐릿하고 모호한 것으로만 가득하던 세계를 헤치고 다가온 새로운 자극으로 환대해줄 수도 있다. 그래서 아기가 진지하게 바라보는 것도 그럴 만하다고 생각한다.

진지하게 바라보기 때문에 자연스레 호흡을 참게 된다. 호흡을 참는 것은 자신의 존재를 억누르는 것과 마찬가지다. 그렇게 상대를 응시한다.

혼자서는 살아가지 못하는 무력하기 그지없는 존재이기 때문에 눈앞에 있는 것을 뚫어져라 응시하는 행위에는 살아남기 위한 절실함이 담겨 있다. 그런 눈빛은 그야말로 손처럼 뻗어나가 상대방의 영혼을 끌어안는다.

동물들이 아이와 마주 본 뒤 무언가 납득한 듯이 제각각 하고 싶은 대로 행동한 이유를 알 것 같았다.

살갗의 기억

○

　생후 1년 11개월, 2주 뒤면 두 살이 될 아이와 실컷 놀곤 했다. 일거리가 없어 집에 있는 날이 많던 시절이다.

　산책을 나가려고 신발을 신고 현관문을 열면, 아이가 기운차게 밖으로 나갔다. 항상 그 뒷모습에 대고 "조심해!"라고 말했다.

　갓 이사한 단층집 앞에 있는 도로는 좁은데도 불구하고 지름길로 쓰이는지 끊임없이 차들이 오갔다. "도로에 나가면 위험해!"라고 끈질기게 가르쳤는데, 그 덕분에 아이는 밖에 나갈 때면 먼저 손을 잡으려고 했다.

　손을 잡으면 일단 생명력이 응축된 것 같은 기운 넘치는 따뜻함에 놀라고, 뒤이어 아이가 생각보다 강하게 손을 쥐는 것에 놀란다. 늘 같은 이유로 놀랐다. 손을 잡으면 행복했다.

근처의 공원으로 가는 도중에 지친 아이가 만세를 하듯이 양팔을 올렸다. 안아달라는 신호다. '알겠습니다.' 하듯 허리를 숙여 아이의 옆구리를 붙잡고 쑥 들어올렸다. 그러고는 가슴을 밀착시키며 끌어안았다. 아이가 내 목에 팔을 두르면 더욱 빈틈이 없어졌다.

끌어안으면 아이의 얼굴이 나와 눈높이가 맞는 위치에 나란히 있었다. 아이가 내쉬는 숨이 볼에 닿았다. 색색, 색색. 아이의 날숨에 이끌리듯이 볼을 마주 댔다. 푹신하고 부드러웠다. 살짝 침 냄새가 났다. 침 냄새는 태어난 직후 아이를 안았을 때 맡은 양수의 냄새를 기억나게 한다. 투명한 냄새. 깨끗한 내장이 연상된다.

높은 곳에 올라가서 기분이 좋은지 아이는 즐거운 듯 목소리를 냈다. 가슴을 밀착한 덕에 목소리의 울림이 직접적으로 전해졌다. 경쾌한 리듬이었기 때문에 '아, 노래하고 있구나.'라고 알았다.

'무슨 노래를 부르고 있을까.' 이런 의문이 떠올랐지만, 아이의 목소리가 구체적으로 어떤지는 정말로 전혀 궁금하지 않았다. 좀 장난스럽게 간지럽다는 듯이 웃는 표정과 가슴을 울리는 진동 등이 음성의 자세한 성질 따위보다 훨씬 많은 것을 알려준다고 생각하기 때문이다. 오래전 그토록 음성을 듣고 싶다고, 소리를 알고 싶다고 매달렸던 강한 바람이 어느새 사라져 있었다. 그 사실이 나 스스로도 의외였다.

아이를 끌어안은 채 의식을 집중했다. …멀고 먼 곳에서 두근두근두근두근, 짧은 박자가 울려 퍼졌다. 볼도 가슴도 온몸이 찰싹 밀착해 있는데, 그 고동은 굉장히 멀리서 울렸다.

어른의 심장은 사과만 하고, 아기의 심장은 호두만 하다고 한다. 나란히 이웃한 호두와 사과가 힘차게 부풀었다 줄어들고, 다시 부풀었다 줄어드는 모습을 상상했다. 가슴에 손을 대고 내 사과의 고동을 느껴보았다. 둥, 둥, 둥, 둥…. 아이보다 고동 사이의 간격이 길었다.

두근두근두근두근….

둥, 둥, 둥, 둥….

같은 심장이어도 각자가 자아내는 리듬은 이토록 서로 다르다. 내가 아이를 안고 아이의 고동을 느낀다는 것은 반대로 내 고동 역시 아이에게 전해진다는 뜻이었다. 고동, 체온, 무게, 냄새… 시각과 청각 외에 촉각과 후각으로 전해지는 것 역시 '목소리'로 들어야 한다는 걸 새롭게 깨달았다.

몸을 움직일 수 없는 중증 신체장애인, 누운 채로 생활하는 고령자, 이들처럼 수어나 필담을 하기 어려운 사람을 대할 때 나는 '당신이 말하는 것을 듣지 못한다.'라는, 부끄러움과 비슷한 꺼림칙함을 느꼈었다.

누워 있는 저 사람의 입에서 나오는 목소리를 내 귀는 거부한다.

내가 음성으로 말을 해도 얼마나 잘 전달되는지 분명히 알 수 없었다. 내 발음에 자신이 없기에 충분히 전달될 거라고 과신할 수도 없었다. 아니, 과신해서는 안 됐다.

'목소리'는 전해지지 않는다.

나는 철들 무렵부터 항상 그렇게 몸으로 느껴왔다.

그 때문에 음성, 아니, 말에 대한 신뢰는 오래전부터 별로 없었다.

사진을 시작하고 다양한 사람들과 만나면서 '설령 이리저리 일그러지고, 아주 작고, 전혀 전달되지 않는다고 해도, 저 사람이 스스로 보내는 모든 것을 목소리로 들어야만 한다.' 하는 생각이 더욱 강해졌다.

오로지 음성과 말로만 의사를 주고받을 수 있는 거라면, 너무나 고독하기 때문이다.

웅크리고 앉아서 침대에 누워 있는 사람과 눈높이를 맞추고 그 시선을 잡아낸다. 그리고 몸에 조심스레 손을 가져간다.

몸을 자유롭게 움직이지 못하면 종종 체온이 낮아지기에 차가워진 몸을 풀어주듯이 체온을 전한다. 결코 끈적하게 들러붙는다는 것은 아니다. '아주 조금 긴 악수' 같은 느낌으로 상대의 체온과 뼈, 긴장하여 뻣뻣한 근육, 혹은 축 늘어진 근육, 가느다란 팔, 푸석푸석한 피부, 그 모든 것을 손을 통해 '목소리'로서 들으려고 한다.

그에 맞춰서 "안녕하세요."라든가 "고마워요. 만나서 기뻐요." 같은 인사나 쓸데없는 이야기를 건넨다. "아침밥으로 낫토를 먹었어요. 저는 실파를 넣는 걸 좋아해요." "왠지 지금 엄청 닭튀김을 먹고 싶네." "오늘 날씨는 흐리다가 비가 내린대요. 하지만 괜찮아요. 내가 외출하는 날은 항상 맑으니까." 상대방의 눈이 보여서 필담을 할 때는 노트를 보여주면서 몸을 손으로 살며시 다독이고 지그시 감싼다.

무언가 하고 싶다든지, 전하고 싶은 것이 있다든지 하는 분명한 목적이 있는 것은 아니다. 딱히 손이 닿을 필요가 없을지도 모른다.

그렇지만 음성'만' 쓸 때보다는 닿는다는 행위가 함께할 때 내가 건네는 말이 훨씬 속이 꽉 찬 것으로 숨 쉬기 시작한다.

그 사람에게 있는 장애, 나이, 길지 않은 여명, 휠체어와 인공호흡기 등 의료기기와 튜브로 연결된 외견 같은 것들로부터 무심코 연상해버리는 모든 선입견과 말. 그런 것들이 손을 대면 녹아서 사라진다. 그럴 때면 그저 기쁘다.

그 사람이 겪는 일들을 잊어도 되고, 몰라도 된다는 말은 아니다. 내 말은 상대가 어떤 어려움과 장애를 겪는지 충분히 이해하는 것을 전제로 그 사람 자체를 바라보며 촬영하기 위해 여분의 정보를 망각한다는 뜻이다. 그렇게 망각하는 것은 사진가로서 내가 세운 원칙이다.

손이 닿았을 때의 반응은 상대마다 제각각이고, 물론 싫어하는 경우도 있다. 하지만 손이 닿아 비로소 소통할 수 있게 되었다는 느낌이 생생히 드는 반응을 볼 때도 있었다. 그때까지와 전혀 다른 눈빛과 그 강도, 눈꺼풀이 깜박이는 리듬, 눈동자의 흔들림, 미세하게 올라가는 입꼬리, 움찔 움직이는 손가락.

내 손이 그들의 몸에 닿는다. 피부와 피부가 접촉하는 곳에서 서로의 체온이 오고 간다. 그 접촉면이 우리가 대화하는 자리가 된다.

피와 살이 피와 살에 닿는다. 호흡이 호흡에 닿는다. 생명이 생명에 닿는다.

그렇게 닿은 채 시간이 흐르다 보면, 문득 '아, 서로 녹아들었구나.' 하는 생각이 들 때가 있다.

그 순간을 사진에 담는다…라고 할 수 있으면 멋지겠지만, 실은 좀처럼 그러지 못한다. 내가 일방적으로 '녹아들었다'고 생각할 뿐이기 때문이다.

정말로 감각적인 이야기라 문장으로는 잘 전달하지 못하겠다. 서로 분명한 말로 명쾌하게 의사를 주고받지 못하기 때문에 내가 멋대로 녹아들었다고 여긴 것에 지나지 않는다. 이렇게 글로 써서 공표해도 괜찮을지 불안할 정도다.

그렇지만 '녹아들었다'는 생각은 스스로도 주체할 수 없이 넘쳐흐른다. '이 바보야, 그런 건 너 혼자만 생각하는 이기주의야.'라고 지적하며 생각을 없애려 해도, 의외로 그 생각은 없어지지 않고 계속 남는다.

손이 닿는 사이에 점점 생생해지는 '녹아든다'는 느낌이 등을 떠밀면, 심장이 오그라드는 듯하여 재빨리 카메라를 꺼낸다. 심혈을 기울여, 긴장 탓에 안절부절못하지만… 그래도 재빨리 촬영한다.

대부분의 촬영을 그런 식으로 진행해왔다. 그리고 역시 '녹아든다'는 느낌이 들었을 때 더욱 좋은 사진을 찍었던 것 같다. 적어도 목소리만 내면서 일방적으로 촬영해서는 볼 수 없는 사진을 찍었다.

나 역시 유창하게 대화하면서 촬영하는 방식을 동경했던 적이 있었다. 하지만 결국에는 시간을 들여 접촉하면서 '녹아든다'는 생생한 느낌과 함께 촬영하는 것이 내 신체감각과 훨씬 잘 어울렸다.

나는 그렇게 찍을 수밖에 없다.

손이 닿는 침묵의 대화를 나누며 촬영한 사람들의 사진을 다시 보면, 의외로 그 사람의 체온부터 울퉁불퉁한 뼈, 뼈를 감싼 살의 두께, 침대 시트의 감촉까지 선명하게 기억할 수 있다.

손이 닿은 순간 맡았던 냄새도 기억난다. 마음이 설레는 기쁜 냄새도, 이별하는 순간의 슬픈 냄새도.

그 추억은 피부에서 피어오른다. 피부를 통해서 주고받은 무언가가 내 피부에 머물고 있었다.

'살갗의 기억'인 것이다.

사진을 시작하고 10년 정도 지났을 때 '살갗의 기억'을 알았다.

이렇게 추억할 수도 있다는 것에 깜짝 놀랐다.

'살갗의 기억'을 생생히 느끼게 된 무렵 아이를 맞이했다.

일상에서 아이와 살을 맞대는 시간을 쌓다 보면, 이따금씩 마음속 한구석이 공연히 술렁거리곤 했다. 처음에는 왜 그러는지 몰랐지만, 아이가 자라나서 감정을 주고받고 함께 몸을 움직여 즐겁게 노는 등 할 수 있는 일이 늘어나자 불현듯 깨달았다.

어린 시절의 나도 가족에게 손을 뻗었을 것이다. 그리고 가족의 손길이 내게 닿았을 것이다.

너무나 당연해서 한 번도 의식해본 적 없는 일이었다.

한번 그런 생각이 떠오르자 얼어붙은 줄 알았던 기억이 재생되기 시작했다.

○ ○ ○

책상다리로 앉은 다리 사이에 아이가 들어가 있을 때, '아, 나도 이런 적이 있었던 것 같아.'라며 피부에서 무언가가 욱신거렸다. 저릿, 저릿저릿하면서 천천히 피부가 기억해내려 했다. 그것은 머리로 지식을 떠올릴 때처럼 선명해지는 느낌이 아니다. 시각적으로 분명한 이미지가 떠오르는 것도 아니다.

천천히 시간을 들여서… 피부에 숨어 있던 기억이… 떠올랐다….

거뭇한 수염의 까슬까슬한 감촉이 손에서 되살아난다. 아버지의 책상다리 사이에 쏙 들어가서, 아아, 바로 머리 위에 있던 수염을 나는 만졌다. 손을 댄 적이 있었다. 가끔씩 아버지가 거친 수염을 내 까까머리의 정수리에 대고 이리저리 비볐다. 그게 어찌나 아팠던지. 어찌나 재미있던지. 아아, 아파서 간지러워서 웃음이 나왔다. 아프다며 화내는 나를 보고 웃는 아버지. 아아, 있었구나.

냄새까지도, 재생되었다.

아버지가 좋아하는 담배 냄새가 스며든 회색 운동복. 레몬즙을 섞은 소주. 낯선 냄새가 나는 안주. 지금 생각해보니, 아마도 구운 오징어.

아버지는 오래전 가치관대로 여자와 아이는 자신을 받들어야 한다고 완고하게 여기는 사람이었다. 나는 스무 살이 넘어서도 아버지와 차분히 대화해본 적이 없었다.

내가 철들 무렵부터 아버지는 바를 경영하느라 바빠서 한 달에 며칠밖에 집에 들어오지 않았고, 집에서는 종일 잠만 잤다. 무언가 이야기를 할 때도 마치 불꽃처럼 일방적으로 소리칠 뿐이라서 무슨 말을 하는지 거의 알 수 없었다. 내게 아버지라는 존재는 재앙과도 같아서 아무리 부조리한 일을 겪어도 잠자코 받아들일 수밖에 없다고 생각했다. 그 때문에 아버지와 관련한 소중한 기억은 없다.

…그렇게 생각하고 있었다. 하지만 있었다. 살갗에 그 기억이 잠들어 있었다.

아이의 체온이 내 피부에서 잠자던 기억이 깨어나도록 도와주었다.

아이의 손톱을 깎을 때는 어머니의 기억이 재생된다. 어머니에게 안긴 채 맡았던 샴푸인지 린스의 달콤한 냄새와 함께. 딸각. 딸각. 손톱을 자르는 느릿한 울림. 너무 바싹 깎아서 살이 부었을 때의 묘한 아픔과 가려움까지도 떠올랐다.

목욕을 하려고 벌거벗은 아이를 안아서 내 맨가슴에 댔을 때의 감촉은 갓 태어나서 작은 아기였던 두 여동생의 감촉을 불러 깨웠다. 내 품속에서 버둥대며 웃는 두 여동생들.

아이와 함께 푸른 하늘을 올려다볼 때, 아버지 쪽 할아버지를 떠올렸다. 설에 할아버지와 함께 높이까지 날렸던 연과 깨끗하고 차가운 바람이 되살아났다. 따뜻한 분이었다. 할아버지 곁을 지켜주던 할머니 역시 무척 온화한 분이었다. 지금까지 잊었던 것이 믿기지 않을 만큼 선명히 기억이 났다.

아이의 이마를 손바닥으로 짚어 열을 잴 때는, 어머니 쪽 할머니의 주름진 손이 떠올랐다. 서늘하게 시원해서 기분 좋았다.

자동차를 운전하면서 뒷좌석의 유아용 시트에 앉아 있는 아이를 보면, 택시를 운전했던 어머니 쪽 할아버지의 진지한 눈빛이 생각났다.

수십 년 동안 택시를 운전했지만 무사고에 법규를 위반한 적도 없었다. 이혼해서 싱글마더가 된 딸과 손주들을 생각하며 지원을 아끼지 않았다. 그리고 나라에서 주는 훈장까지 받았다. 인지저하증이 진행된 뒤에도 천황을 만났다고 수없이 자랑하던 할아버지.

이제 와서 돌이켜보면, 할아버지의 날카로운 눈빛은 대가족을 책임지는 사람으로서 품은 각오 그 자체였다.

아이를 업으면, 등의 기억.

누구의 등인지는 모르겠다. 하지만 모든 사람의 등일 것이다. 그렇게 생각한다.

모두의 등에 볼을 대고, 목에 팔을 감고, 흔들렸다. 아아, 마음이 편안했다.

있었다. 있었다. 있었다. 있었다. 있었다. 있었다. 있었다. 있었다. 있었다.

기억은 없어진 것이 아니었다. 지금도, 있는 것이다.

음성으로 한 대화의 기억은 아쉽지만 아무것도 남아 있지 않다. 하지만 서로 닿음으로써 전했던 '목소리'는 내면의 소리로 피부에 스며들어 잠자고 있었다. 아슬아슬했지만 내가 목숨을 포기하지 않을 수 있었던 것은 살갗의 기억 덕분이었다.

사진이 개척해준 '목소리'는 풍요로운 침묵과 함께 모두 눈앞에 있었다.

말이 없어도, 피부와 모든 오감을 통해서 분명히 이야기를 나눌 수 있었다.

소리가 없어도, 시선과 몸을 통해서 사랑하며 노래할 수 있었다.

영원 속에서 한순간 존재하는 생명이기 때문에 내 마음속 고동을 손에 넣고 저 생명을 바라보는 사치를 누릴 수 있다. 사진은 그 사치를 담아내는 그릇이었다.

고마워.

2013년, 사카구치 교헤이 씨가 세운 '아오야마 제로센터'라는 공간에서 사진전 '세계 찾기'를 진행했다. 그 사진전에서 이 책을 편집해준 하타나카 아키히로 씨와 아다치 에미 씨를 만났고, 책을 만들자는 이야기가 나왔다.

그로부터 몇 년이 지나도 원고는 지지부진 좀처럼 진척되지 않았다.

나 자신에 대해 이야기하려니 어떻게 써도 귀와 관련한 오랜 원한만 이어지는 음울한 원고가 되어버렸다. 내가 사진 자체를 대단히 좋아하는 것은 아니라서 사진에 대해서도 특별히 할 말이 없었다.

푸념과 독선적인 문장만 나열된 원고에 한숨을 쉬고 전부 지운 다음 처음부터 다시 쓰는 것을 몇 차례나 반복했을까. 아무리 써봐도 기억은 얼어붙은 채였고, 쓰고 싶은 말이 도무지 떠오르지 않았다.

물 탄 술처럼 문장을 부풀려서 억지로 한 편을 간신히 쓴다 해도, 책 한 권은 도저히 쓸 수 없을 것 같았다. 집필 청탁을 받아들인 것을 후회했다.

그렇지만 아무리 엉망진창인 문장이라도 체감과 기억을 말로 바꾸길 포기하지 않고 계속하자 영구동토 같던 기억이 녹기 시작했다. 마음을 솔직히 담은 문장을 조금씩 쓸수록 머릿속이 따끈따끈해서 신기한 온기가 느껴졌다. 말과 마음이 연결되었다고 마음속 깊이 느꼈다.

다만, 책의 뼈대가 될 주제가 좀처럼 눈에 띄지 않았다. 제자리걸음만 하면서 고민하던 차에 아이를 맞이했다.

아이는 자신의 존재를 있는 힘껏 주장하며 살아가려 했다. 매일매일 숨을 쉬는 만큼 성장했다. 성장하기 위해 필요한 것은 말이 아니었다. 안아주는 것, 마주 보는 것, 곁에 있는 것, 미소를 받고 답하는 것. 실제로 몸을 움직여서 닿아야만 전달할 수 있는 것의 존재를 깨달았다. 내가 사진을 찍으며 추구하던 것이기도 했다.

그것이 '목소리 순례'의 계기가 되었다.

내게 가장 기쁜 순간은 다양한 존재들과 만나서 '귀가 듣지 못하니, 이야기를 나눌 수 없어.'라는 소극적인 생각을 가볍게 뛰어넘는 '목소리'를 알게 될 때였다. 그 행복을 추구하는 과정에서 어쩌다 보니 사진이 내 곁에 있었던 것에 불과하다.

새삼스레 내가 중개한 사진을 보니 그야말로 다양한 목소리를 순례함으로써 맞이할 수 있었던 순간들이 담겨 있었다.

'이건 쓸 수 있겠어!' 하는 생각이 들었다.

그리고 지금, '쓰길 잘했다.'라고 진심으로 생각한다.

어떤 의미에서 지금까지 했던 사진 촬영에는 '자아 찾기'라는 측면이 있었다. 소화시키지 못한 채 질질 끌고 있던 과거의 속박을 이 책에 써냄으로써 기분 좋게 결별할 수 있었다.

앞으로는 한층 더 사진 그 자체에 매진할 수 있겠다.

○ ○ ○

이 책은 『서로 다른 기념일』과 동시에 출간되었다.*

『목소리 순례』에는 내가 사진에 임하면서 소중히 여기는

---

* 일본에서 『목소리 순례』는 쇼분샤(晶文社)가, 『서로 다른 기념일』은 이가쿠쇼인(医学書院)이 출간했다. 한국에서는 『서로 다른 기념일』을 다다서재가 2020년 8월에 출간했다.

'목소리'의 에피소드들을 담았다. 『서로 다른 기념일』에는 아이와 함께한 일상에서 새로운 '목소리'를 찾아냈던 일들을 정리했다.

꾸물대면서 멈추기 일쑤였지만 하나씩 천천히 썼더니 거의 동시에 두 출판사에서 "책으로 만들 만큼 쌓였네요."라는 말을 들었다.

내용을 봐도 서로 상관없는 원고가 아니었고 서로가 서로를 지탱해주는 관계였기 때문에 "출판사가 다르지만 동시에 출간할 수 있을까요?"라고 농반진반으로 제안해보았는데, 놀랍게도 받아들여졌다.

다른 출판사에 다른 판형이지만 "같은 풍으로 디자인하면 좋겠어요."라는 억지스러운 요청에 두 출판사는 한 디자이너에게 책을 맡겼다.

여러모로 번거로운 일이 많았을 텐데도 서로 다른 출판사라는 벽을 넘어 동시 출간을 흔쾌히 승낙해준 이가쿠쇼인의 시라이시 마사아키 씨. 그리고 『목소리 순례』를 쓸 기회를 마련해준 하타나카 아키히로 씨와 쇼분샤의 아다치 에미 씨.

이런 방식으로 경계를 넘어설 수 있다는 것을 보여주게 되어 기쁘다.

"이것이 내가 쓰는 마지막 문장이라고 생각하며 써야 한다. 지금 쓰는 말이 살아 있는 자뿐 아니라 죽은 자들에게도 닿는다고 믿으며 써야 한다. 그리고 이 문장이 누군가 미지의 타인이 이 세상에서 읽는 마지막 글일지도 모른다고 생각하며 써야 한다."

이 책을 써내는 기나긴 여정에서 누구를 향해 써야 하는지 길을 잃을 것 같을 때, 평론가 와카마쓰 에이스케若松 英輔 씨의 이 말이 단단한 버팀목이 되어주었다. 종이에 필사해 책상 앞에 붙여둔 이 말을 읽으면서, 지금은 이 세상에 없는 그들과 함께 보냈던 시간과 공간을 피부로 떠올리고 전하지 못했던 말을 생각했다. 어떤 말이라면 그들에게 닿을까 고민하면서 『목소리 순례』를 자아냈다.

마지막으로 내 사진에 모여준 '목소리'인 한 사람 한 사람에게 깊은 감사를 전합니다. 당신이 있어주었기 때문에 나는 사진과 함께 살아갈 수 있습니다.

2018년 5월

사이토 하루미치

"커뮤니케이션이란 무엇인가?"

이 책의 저자 사이토 하루미치는 2021년 4월부터 일본의 복지 관련 웹진 '코코코ㄹㄹㄹ'에 「일하는 농인을 찾아서」라는 글을 그의 아내 모리야마 마나미와 함께 연재하고 있다. 연재 1회의 인터뷰이는 바로 사이토 하루미치였다. 그는 자신의 토대에 있는 것이 '커뮤니케이션을 향한 호기심'이었다고 했다. 또한 자신이 사진가가 된 이유를 다음처럼 설명했다.

"좋아! 사진가가 되겠어! 이런 강한 결의는 전혀 없었고, 조금만 더 해보자, 한 번만 더 해보자, 하면서 한 걸음 한 걸음 걷다 보니 어느새 사진가가 되어 있었습니다."

『목소리 순례』는 사이토 하루미치가 호기심이 이끄는 대로 내딛은 한 걸음 한 걸음을 정성스레 진심을 담아 남긴 기록이라 할 수 있다.

누군가는 이 책을 읽고 농인에 관한 책이라고, 아니면 장애에 관한 책이라고 할지 모르겠다. 하지만 나는 이 책을 처음 읽었을 때 그리고 몇 달에 걸쳐 번역하는 내내, 음성과 문자 너머에 있는 '광활한 소통의 가능성'을 보여주는 책이라고 생각했다. 이보다 진취적이며, 상상력을 자극하는 책이 있을까 생각하기도 했다.

문장에 전부 담기 어려운 소통의 가능성을 보여주기 위해 저자와 상의해 한국어판에는 일본어판보다 많은 사진을 수록했다. 일본어판에는 사진 4장이 내용과 상관없이 삽입되어 있었지만, 한국어판에는 6장을 추가해 10장의 사진이 글과 짝을 맞춰 들어가 있다. '목소리 순례'를 따라가는 데 이정표가 된다면 다행이겠다.

"그 상처의 블루스를 보여줘."

2018년, 이 책이 일본에서 출간되기 직전 사이토 하루미치는 홈페이지http://www.saitoharumichi.com의 사진 모델을 모집하는 글에 이런 문장을 적었다. 실제로 블루스를 들어본 적 없는 그는 자신이 생각하는 블루스에 대해 다음처럼 정의했다.

"인간이라면 누구나 뜻대로 되지 않는 야만성과 이기심에 괴로워하고 고민하지만, 그 속에는 꽁꽁 감추어져 있는, 절대로 놓아버릴 수 없는, 모든 생명의 밑바탕을 흐르는 따뜻한 무언가가 있습니다. 그 무언가를 자신의 밖으로 드러내는 행위를 블루스라고 생각합니다."

순례, 블루스… 표현은 다르지만 사람이 자신의 약점, 상처, 슬픔, 분노, 죄를 멋들어진 말로 얼버무리지 않고 온몸으로 받아들일 때 비로소 시작되는 행위일 것이다.

당신이 이 책을 덮은 뒤 자신만의 순례를 떠날 수 있기를, 자신만의 블루스를 자아낼 수 있기를 기대한다. 그리고 '광활한 가능성'에서 다 함께 마주할 수 있기를.

2022년 1월

김영현

목소리 순례

초판 1쇄 발행 2022년 1월 21일

초판 2쇄 발행 2023년 12월 7일

지은이 사이토 하루미치

옮긴이 김영현

펴낸이 김효근

책임편집 김남희

펴낸곳 다다서재

등록 제2023-000115호(2019년 4월 29일)

전화 031-923-7414

팩스 031-919-7414

메일 book@dadalibro.com

인스타그램 @dada_libro